河出文庫

人類よさらば

筒井康隆

河出書房新社

人類よさらば　目次

人類よさらば

傍観者［NULL版］

ソファの上で、私は足をのばした。何となくからだがだるい。運動不足だろうか？だが、わけもなくはしゃぎまわるのは、どうも私の性にあわない。

クリームイエローのカーテンを通して、西日が射しこんできた。ソファの前の毛皮のじゅうたんの上にレースの影を落して。

部屋の中は、やや薄暗くなった。私はふたたび眼を閉じた。さっきより、ずっと心地よくなった。頭も冴《さ》えてきた。

朝からずっと考えつづけてきたこと、部分的な求心的従属と遠心的従属の意味が、何かしらわかってきたようである。

しかしこれは、円における中心と周辺の、われわれの統覚における一つの自然的重心を考察した場合である。これから私の考えようとしていることは、全体的宇宙において、その如何《いか》なる地位を占める部分が、特に他の部分の統治者となり得、又われわれの統覚活動を貯留させ得るかという問題である。

それと共に考えなければならないのは、かつて通相下の従属の問題を考えている際に遭遇した平衡の原理が、君主制的従属の場合にも行われ得るということだ。

仮に全体的宇宙が、黄金截《おうごんせつ》の関係に従って構成された矩形《くけい》であると考えた場合、つまり、5:8=8c　8:(5+8)=8:13 の如《ごと》き数量的関係が、万能であるかどうか？

これらを解決しなければこの広大無辺なる宇宙の哲理を解明する初歩の段階にも到達し得ないことは確実である。

私はすでに、私自身の小宇宙的構造を持つ人生観世界観に飽きている。私には新しい世界体験の態度が必要なのだ。私は考えつづけなければならない。

だがその時、サーモン・ピンクのドレスを着た厚化粧の女が、右手の一枚ドアを開けて、アパートの廊下から、三坪ほどのこの部屋へ入ってきた。

二十七歳だが、三十過ぎほどに老けて見える。放蕩《ほうとう》の疲労が、眼もとに小皺《こじわ》となって、ありありとあらわれているが、身体つきだけはしなやかで、十分に異性をひきつける魅力を発散させている。

彼女は私にちらりと微笑《ほほえ》みかけてから、廊下を振り返り、少ししゃがれた声で呼びかけた。

「お入りなさいな。何をビクビクしてるのよ」

軽蔑《けいべつ》と、多少の焦躁《しょうそう》を含めたその声に、一人の男が、ゆっくりと、背を丸めて入ってきた。

彼は、茶色のフラノ地の背広の皺をかくそうとするように、両手を腹の前ですりあわせ、浅黒い顔にせいいっぱいの愛想笑いを浮べて私を見た。三十過ぎの、小柄で貧相なその男を見るたび、私はムカムカとする。腹立たしさに、胸が悪くなるのだ。いつもの通り、私は彼を無視して、彼女の方を向いた。彼女は、私にちょっとうなずいてから、又彼を見た。

彼女が彼を見る視線には、複雑な感情が入りまじっていた。それには、不満を満たしてくれる者への期待と、捕えた獲物を逃がすまいとする警戒と、少しでも多く自分にひきつけておこうとする焦躁があった。

彼女は彼の方へ両手をのばした。彼はためらった。そのためらいは、不ざまで、見ていられないほどみじめなものだった。生活無能力者の悲哀が、彼の表情の変化と、一挙一動にありありとあらわれていた。それは又、生活の糧《かて》を得るためにのみ、不義密通を重ねてきた間男の悲哀とでもいうべきものをも同時にあらわしていた。

彼はためらいながら、ふたたび私に気をつかうように、薄笑いを浮べてこちらを見た。その眼は許しを乞《こ》うように愁《うれ》いを含んでいた。

私は彼が哀れになった。私は溜息《ためいき》とともに眼を伏せた。

彼女は私の方をちらりと見た。そして彼にいった。

「いいのよ」

彼はじわりと彼女を抱いた。そして接吻《せっぷん》した。彼の首筋がこちらを向いていた。放射能に侵された醜《みにく》い痕《あと》が見えていた。

やがて彼女は廊下へのドアに鍵《かぎ》をかけた。そして正面の寝室へ、彼とからみあいながら入っていった。ドアがしまった。

私は身体中に発汗していた。額のまん中と鼻筋をつたわって、一滴がポトリと膝《ひざ》に落ちた。私は同じような種類の人間の欲求が、如何なる場合に醜く見え、如何なる場合に美しく見えるかを考えた。何故ともなく人間の卑小さが悲しかった。彼等の考えが、一挙一動にあらわれ、私にははっきりとわかるだけに、なお悲しかった。彼等を許すも許さないもない、彼等は本質的にそうなのだ。故に私も、彼等と同様の、反理性的で俗悪な考え方を自分に強制しなければならない。

廊下に足音がした。ドアのノブをガチャガチャさせ、次にノックをした。

寝室から、女がパジャマ姿で出てきた。両手には男の洋服をかかえている。つづいて男が、パンツを穿《は》いただけで飛び出してきた。

「主人よ！　早くあのソファのうしろへ！」

彼女は私の坐《すわ》っているソファを指した。男は走りよった。私の背後にしゃがみこんだ。女もやってきて、洋服を男の頭の上へ放りこんだ。そして私に「じっとしていてね。お願いだから」と囁《ささや》くと、自分の髪をなでつけ、ドアの方へ歩みよって鍵をあけた。身を一歩退けた。

ダブルの背広がピッタリと身についた、よく肥《ふと》った四十過ぎの男が部屋に入ってきた。彼は女と接吻した。そして私の方を向き、低い響く声で「やあ、元気か？」と笑いかけた。私は黙ったまま、ややこわばった笑みを返した。

彼はつかつかとこちらにやってきた。私は少し動揺した。この男にはきっと、隠れた兇暴性《きょうぼうせい》があるに違いない。上べはもの柔かだが、その眼の光を見るだけで私にはわかるのだ。私は思わず眼を閉じた。

「今まで昼寝していたの私」

女は彼のうしろからやってきながら、弁解するように上ずった声でいった。

彼は私の横へ黒革の鞄《かばん》をドスンと投げだした。

「待ちきれなかったわ。だって、こんなに長いご出張、はじめてなんですもの」

そういって女は、彼の背後から抱きついた。彼は少しうるさそうに笑った。上着を脱ぎ、鞄の上に置いた。そしてふり向くと、今度は力強く女を抱きしめた。そして接吻した。接吻が終ると、女は彼の気をひくように、ちらと寝室を眺め、又、彼の顔を見返した。彼も女の眼を見た。

赤裸々な情欲に燃えた視線がぶつかりあった。二人はうなずきあった。そして彼等は寝室へ入っていった。

哀れな男は、私の背後から、洋服を着終ってでてきた。再び彼の首筋の、放射能の痕がはっきりと見えた。

彼はちらと私を見た。そして何か言いたそうな様子をした。私は、ぐっと彼をにらんだ。彼は眼を伏せた。

あきらかに、彼は知っているのだ。公けにできない彼と私との関係を。

足音をたてぬようにしながら、彼は急いで廊下へ出ていった。その、弱い獣を思わせる肩のあたりを見て、三たび私は、誰に対するでもない大きな悲しみを感じた。

私の横には、黒革の鞄と、背広とが、無造作に投げだされていた。背広の内ポケットからは、女文字の手紙がのぞいている。いつか彼女の留守に、彼がここへ引っぱりこんできた、あの若い女からの手紙にちがいない。

私は、このくだらない私の周囲の人間たちが演じている愛欲のドラマには、もはや何の感動も感じなかった。

彼等は、自分を主張するために、又、自分の存在を確かめるために、なお一層その環境を住みにくくして、危険を楽しんでいるのだ。彼等の苦悩などというものは、自慰行為で、内心では苦しむことの楽しみを味わっているのである。

彼等にしてみれば、もともと歪《ゆが》み偏った精神を、普通の状態では正常に保っていくことができないものだから、わざと歪んだ雰囲気を作りあげ、それによって自分たちの精神を錯乱から守っているだけなのだ。

そしてこれが、無理に社会に適応しようとしている、ほとんどの人間が演じているドラマなのだ。

寝室から彼女がでてきた。そして私の傍へきた。私の両肩を柔かく押さえつけ、私の唇に接吻した。私はその、水気の多い異様な味のする接吻を拒むことはできないのだ。母だから。

「さあ、私のベビーちゃん。お時間よ」

そういって彼女は私の口に、ミルク瓶の乳首を押しこんだ。

傍観者

［毎日新聞版］

火星軍事科学省の巨大な透明のドームの中では、地球攻撃の軍事会議が開かれていた。

ドームの中からは、砂塵《さじん》がまいあがる荒涼とした砂漠や、風化した丘陵の残骸《ざんがい》、侵《しん》蝕《しょく》された山々の姿が見られた。そして、ほんのわずかの地衣類が、ドームの陰で地表に緑をのぞかせていた。

「われわれは、地球を攻撃する」

長官は、キノコ型をした巨大な頭部を、重たげにゆっくりと振りながらしゃべった。

「緑にめぐまれた地球は、われわれの長い間のあこがれだった。火星に緑が乏しくなった今こそ、われわれは地球をわれわれのものにするのだ。だが、攻撃するに先だって、われわれは地球の生命体の機構、知能、弱点等を研究しなければならない。そのためには、地球の支配者的立場にある生物を数種類採集してこなければならない。しかも、彼ら全体に気づかれないような方法で……」

そのとき、ダイモスの地球観測所から報告があった。

「地球の大気圏外へ、航行物体が打ちあげられました！」

長官は命令した。

「よし。チャンスがやってきた。すぐに捕《つかま》えてこい。きっとそれには、地球の支配者的生物が乗っているにちがいない。それに大気圏外なら、彼らには同胞の帰ってこない理由が想像できないだろう」

ほとんど同時に、反対側のフォボスから同じ報告があった。地球の反対側からも、何かが打ちあげられたというのである。長官は同じ命令をだした。

火星の宇宙基地を出発した二隻の宇宙塵採集用ロケットは、それぞれ小さな地球の航行物体を捕えて帰ってきた。

やがて長官の前に、二種類の四つ足の生物がひきだされた。たちまち二匹は大げんかをはじめた。キャッキャッ、ワンワンと、たいへんなさわぎで、たがいにひっかき、かみつきあった。

長官はいった。

「地球では、二種類の仲の悪い生物がたがいに争っているらしいな」

それからしばらくして、ふたたびダイモスの観測所から報告があった。

「前と同じ地点から、前よりも大きい航行物体が打ちあげられました！」

ほとんど同時に、フォボスからも報告があった。反対側の地点からも、さらに大きなものが打ちあげられたというのである。

長官はふたたび、この二隻を捕えてくるように命令した。

やがて長官の前に、各々の搭乗員がひきだされてきた。おどろいたことには、きわめて短期間のうちに、地球の生物たちは二本足で直立できるまでに進化していた。二人は顔をあわせると、たがいに眼をむいて、口ぎたなく相手をののしりはじめた。

しばらくこのありさまを眺めていた長官は、やがて巨大な頭をゆっくりと左右に振った。

「地球の生物たちの進化の速度は、実におどろくべきものだ。しかし、二種類の集団の宿命的な仲の悪さも、それ以上におどろくべきものだ。われわれは、地球攻撃の時期をいましばらくのばした方が賢明かもしれない。ほうっておいても、この二種類の集団は、はげしい戦争の末に、とも倒れする結果になることだろう」

人類よさらば

あらゆる非人道的な破壊行為が終りをつげたとき、地球上のあらゆる生物も死滅した。焼けただれた黒い土や砂の上にはどす黒くよごれた雨が、何日も何日も降りつづけた。

だが、最後の水爆戦が始まる直前、地球の大気圏外へ逃げだした宇宙船が一隻だけあった。その船は金星目ざして航行しつづけた。

船には、二人の男が乗っていた。

生化学博士のドラ教授と、博士の甥《おい》でパイロットのムルである。

出発したときからずっと、ムルはぶつぶつと、つぶやきつづけていた。

「バカバカしい。たった二人だけで金星へ逃げたところで、いったいどうなるんだ。博士が逃げてくれというから、軍を脱走して、ロケットを盗んで逃げだしたけど、金星へ行ったって餓死するか、炭酸ガスで窒息死するのがおちだ。ママや恋人たちといっしょに、地球で死んだ方がずっとよかった。それに第一、船の後部倉庫にいっぱい押しこんで氷詰めにしてあるたくさんのカプセルは、いったい何だろう？　博士は金星で、自分の研究を完成させようっていうんだろうか？　チェッ！　まったくお笑い草だ。ナンセンスだ」

いつのまにか、ムルの操縦席のうしろでこのつぶやきを聞いていた博士は、クスクス笑ってムルの肩をたたいていった。

「心配することはないよ、ムル。我々は二人だけではないのだ」

ムルは、おどろいてふりむいた。

「なんですって？」

「君のママや恋人はもちろん、わしが選んだ優秀な人々、学者や知識人、宗教家や芸術家までが、我々といっしょに金星へ行くのだ。女性も含めて、二千五百人のえらばれた地球最後の人類がな。そして金星で、再び人類文明を繁栄させるのだ」

「――しかし……しかし、その人たちは、いったいどこにいるのですか？」

「この船に乗っている。後部倉庫のカプセルが全部そうだ」

「じゃあ、あの氷詰めのカプセルの中に！　でも、あんな小さなカプセルに、どうやって人間を入れたのです！」

「わしは以前から、今日のことを考えて、ずっと研究しつづけてきたのだ。研究の結果、人体の九八・五パーセントが、単なる水であることがわかった。わしは人体のあらゆる組織を死滅させることなく、質量を一パーセント強にすることができたのだ。つまり水分を取り去ったのだ。それに殺菌光線をあててから、リンゲルに似た、ある種の液に浸し、カプセルに詰めた。あの二千五百個のカプセルの中には、君のママや恋人をふくむ二千五百人が、仮死状態になって眠っているのだよ」

「するとつまり、インスタント人間……」

「まあ、早くいえばそうだ。それに、あらゆる方面の優秀な専門家や技術者もいるんだから、金星へ行っても、すぐ我々の町を建設し、安定した生活を送ることができるだろう」

博士は、ぼう然としてあきれているムルの肩をたたき、楽天的な高笑いをしたのである。

二カ月半ののち、宇宙船は金星に到着した。衝撃はひどかった。ムルは腕を脱臼《だっきゅう》し、博士は、はげた頭のいただきをすりむいた。宇宙船の前部は破損し、二度と飛べなくなったが、カプセルはすべて無事だった。

博士は宇宙服を着て、気密室を通り、金星上に降り立った。そして周囲をながめた。あたりは砂塵《さじん》の修羅場《しゅらば》だった。空はもうろうとして雲がたれこめ、風にのった砂塵に削られて岩石は奇妙な形にくねり立っていた。しばらくの間、人体を復元するのに適当な場所を物色していた博士は、やがて大きな悲鳴をあげた。そして両手を頭上にさしあげた。

「金星に水がないのを忘れていた」

大怪獣ギョトス

無数の白いスポットライトが、観客席に囲まれた円型の広場の中央部に集中した。期待に胸を躍らせ、観客は静まりかえった。セキばらいが二つ三つ……。

「さあて皆さま！」

サーカス団長は、今こそと声をはりあげた。広いテントの中に、そのドラ声が反響した。

「だしもの粗相なく、あい進みましたる上は、いよいよ最後の番組、当サーカス最大の呼びもの、天地開闢《てんちかいびゃく》以来、古今東西を通じて、他に類例を見ぬ大ゲテモノ、お待ちかね、大怪獣ギョトスの登場でございまあす！」

ほんの少し、観客席がザワザワと波だった。そしてすぐ、静かになった。

「さあて皆さま！　かくも恐ろしい怪物が、この広大なる宇宙に、かつて存在したでありましょうか！　その顔かたちの醜悪なること、他に類なく、気の弱い方やお子たちは、ひと目見るなりヒキツケを起こす。その姿かたちのあまりの奇怪さに他のいかなる猛獣怪物妖怪変化《へんげ》といえど、遠くより見ただけで顔色を失い、あわてふためき逃げだすという、この上なくグロテスクなるその姿態を、のちの世までの語り草、とくとごらんくださあい！　さあて皆さま！　かくも残忍きわまりなき魔獣が、かつてこの世界にあらわれたことがございましょうか！　慈悲も道理もあればこそ！　目に見えるもの手あたり次第、ありとあらゆる鳥けもの、草木草花魚虫けらに至るまで、殺し引き裂き血をすすり、食い尽くすはもちろんのこと、はては山をこわし川を埋め、血にかわき肉に飢えたるその果ては、あろうことかあるまいことか、同族といえども食い殺し、骨までしゃぶる悪逆さ。さあて皆さま！　かくも狡猾《こうかつ》なる性質と悪知恵を、その凶悪さとあわせ持つことのできた生物が、かつてございましょうか！　賢きこと神のごとく、悪しきこと魔物のごとく、この怪獣に魅いられたが最後いかなるものも逃げるすべなく、そのわざわいより避けるすべなく、いかなる必死の抵抗も、知恵をしぼった計略も、この怪魔に魅せられたときはすべてむなしく、いかに泣こうがわめこうが、最後はあわれ、その餌食《えじき》となるのでございまあす！」

あまりの恐怖に、観客はざわめいた。魅いられては大変とばかり、席を立って帰ろうとするものもいた。しかしほとんどの客は、早く前口上を終えて、怪物を見せろとばかりに、からだを前にのり出した。

「わかった、わかった！　早く怪物を出せ！」

「前おきはもうたくさんだ！」

団長はニヤリと笑い、自信満満、ここぞとばかり声を大きくした。

「さあて皆さま！　ではいよいよお待ちかね大怪獣ギョトスの登場でございまあす！　気の弱い方、醜悪なものを見ると気分の悪くなるお方さまは、何とぞご遠慮下さいますように！　では皆さま！　ここに世紀の大怪魔、全宇宙を通じての最大の怪獣、ギョトスをご紹介いたしまあす！」

団長の合図で、引き幕があげられた。

白鳥座の六十二番星の人間たちは、繊細な頭部をのばして、かたずをのみ、大怪獣が広場にあらわれるのを待ちかまえた。やがてギョトスは、スポットライトに照らされて、広場の中央に立った。

それは、地球の人間だった。

ひずみ

「坊や、もう起きなさい、八時すぎよ。遅刻すると先生に叱《しか》られるわ」

「ううん。まだ大丈夫さ。学校まで走っていくから」

「だめだめ。起きなきゃ。パパだって、もうとっくに出かけたのよ」

母親は坊やを、ふとんから追いだした。

せわしく朝ごはんをかきこんでいる小学校四年の坊やをながめながら、母親はいった。

「もう、始業のベルまでに十分しかないわ。いくら早く走ったって、遅刻よ。この三日間、坊やのお寝坊はちょっと度が過ぎるわね。あしたからは、きちんと起きましょうね」

「ねえ、ママ。ほんとに大丈夫だったら。ぼく、まだ、遅刻したこと一度もないんだよ」

「まあ」母親は眉《まゆ》をひそめて坊やを見つめた。――この子ったら、いつから嘘《うそ》をつくようになったのかしら……。

やがて坊やは元気よく、門を走り抜けて往来へとび出した。そして次の四つ角を右へまがろうとした。

門の前に立ち坊やを見送っていた母親は、あわてて叫んだ。

「あら坊や、いったいどこへ行くつもりなの。学校へ行くなら、まっすぐじゃないの」

「こっちの方が近道なんだ」坊やはいたずらっぽく笑い、たちまち姿を消した。

「ねえ先生。うちの康夫のことなんでございますが、このごろは朝は八時を過ぎないと起きてきませんし、登校するのにも寄り道をしているらしいんですよ。遅刻しないように、先生からよく言い聞かせてやってもらえませんでしょうか。わたしのいうこと、ちっとも聞きませんの」

「ちょっと待ってください。康夫君は毎日きちんと出席しているようですよ。ここに出席簿がありますが、ほら、遅刻はいちどもありません。毎朝八時半には登校してますね」

「あら。そうですか。でも、不思議ですわ。おといなど八時二十分ごろ家を出ましたのよ。どんなに走ったって二十分以上かかるはずですのに」

「友達の家の車にでも、乗せてもらっているんじゃないですか」

「ああ、そうかもしれませんね。でも、どうして私に言わないのかしら」


東都大学地球物理学教授、伏見俊一博士は、その丘を眺めてつぶやいた。「どうもおかしな形だ。洪積台地の一部にはちがいないのだが――」

その丘は、両側から押しつぶされたように、中央がぽこりと盛りあがって、頂上からは一本の大きな木が、とてつもない方向へ頭を向けて立っていた。山腹はところどころ赤肌がむき出しになっていた。

「最近何か、非常な圧力を受けたのかもしれん」

博士は歩きはじめた。国際地球物理学会開催の件で神経をすりへらした博士は、やっと一週間の余暇をひねり出し、この小さな町へ静養にやってきた。博士の甥《おい》が、この附近《ふきん》の小学校で教師をしているのだ。

「ここにくる途中で、おかしな丘を見たんだがね。ところどころ赤はげだ。最近山火事でも起こしたのか。どうもそんなふうには見えないんだが」

「ああ、あの丘ですか。実はちょっと不思議なことがありましてね。あれは先月の中頃でした。その朝、附近の人たちが眼をさましてあの丘を見て、びっくりしたそうです。つまり、丘の形が前の日とぜんぜん変わってしまっていて、何かこう、大きな手で両側から押しつぶされたみたいに、まん中が空に向かってぴょこんと飛び出してしまっていたんです。それに、以前はいちめん草におおわれていたのが、あんな赤はげになってしまっているんです。あわてて県の方から測量班がやってきて調べたんですが、原因は不明とのことでした。地方新聞に、二段ほどの記事になって出た程度で、そのままなんですがね」

「ふうん。ところで、丘が変形した日というのは、正確には先月の何日かね」

「待ってくださいよ。ええと、そう、たしか十五日です」

「なに、十五日だと。それじゃ前の晩に、かなり大きな地震があった日だな。震度4くらいの……」

「ええ、ところがその晩は、この町には地震なんかなかったのです」

「そんな馬鹿な。あの地震は関東一円に起こった。この町だって例外じゃないはずだ」

「地震があったということは、私も新聞で読みました。だけど不思議なことに、この町だけには地震がなかったのです。そんな大きな地震なら、この町の人の誰かが気がついたはずですがね」

「ふうん」博士は甥の顔をしばらく見つめ、そのまま五分ほど考えこんだ。やがて顔をあげ、ゆっくりと口をひらいた。「この町に地震が起こらなかったのは、あの丘が原因らしいな。地震が起こるのは、地面を伝わってくる波動エネルギーによる。ところが偶然、丘の固有振動数が、地震波の振動数とぴったり一致したもんだから、丘が猛烈な共鳴を起こして、波動のエネルギーをすっかり吸い尽してしまったんだ。そのために丘の周囲のこの町では、地震が起こらなかったというわけだ。一方丘の方は、がたがたふるえた上に、こぶまでこしらえてしまった。しかし、あれだけのエネルギーを吸いとっているとすると、あの丘はもう、ただの丘ではなくなってしまっているはずだが——。で、この町では、その他に何か変わったことは、起こらなかったかね」

「そうですねえ。ああ、別に大したことじゃありませんが、そういえばこんなことがありました。あの丘の附近から通学している生徒の母親たちがそろって、『近ごろうちの子は急に朝寝坊をするようになった。遅刻をして困るから叱ってほしい』っていうんです。ところが出席簿をしらべてみますと、誰も遅刻なんかしていないんです。定刻の八時半には、ちゃんと教室にいるんですな。不思議に思って子供たちに聞いてみても、誰も答えようとしない。まあ、別に悪いことをしているわけじゃなしと思って、そのままにしているんですが」

「ふうん」

博士はまた考えこんでしまった。

翌朝の八時過ぎ、博士はドライブクラブで借りた車を運転し、ひとり丘に向かった。高さ十メートルくらいの小さな丘のふもとに車をとめており立ち、博士は丘を見あげた。

山腹の赤茶けた土の上を、白や青や赤の服を着た少年少女の一団が、上へ上へと登って行くのが見えた。

博士はあわててその後を追った。六十メートルほどの距離を、息をはずませて駈《か》け登ると、三坪ほどの頂上の平地に出た。

誰もいなかった。

ただ平地の中央に、くねくねと曲った枝を虚空《こくう》にのばし、一本の木がはえていた。木の枝には葉が青青と茂り、いただきをかくしていた。

「おおい、あぶないぞ」

博士は木を見あげ、大声で叫んだ。博士にはとても、この木に登ることはできなかった。

だが、木の上からは何の返事もなかった。子供たちの気配も、感じられなかった。

博士は顔色を変え、ころげるように丘をかけおりると、車にとび乗った。

八時二十分。

ちらと時計に眼をやると、車をとばし、五分で小学校についた。

職員室から甥を呼び出した博士は、廊下をやってきたひとりの生徒にたずねた。

「丘の近所の子供たちは、いつも何時ごろ来るのかね」

その子は首をかしげて答えた。「よくわからないんです。いつも早くから来て、屋上で遊んでいるんだと思います。ベルが鳴ると、いつも屋上からおりて来ますから」

「屋上だ」博士は甥といっしょに、屋上へかけ上った。

「八時二十九分」時計を見て、博士がつぶやいた。

屋上には誰もいなかった。

やがて、始業のベルが鳴り出した。

その時、だしぬけに、屋上からさらに五メートルばかり上の宙に、小さな手がひとつあらわれた。ついで足が、そして少年の全身が——。

「空間のひずみだ！」

博士の叫び声をよそに、一団となった少年少女たちはぺちゃくちゃしゃべりながら、五メートルの空間から屋上へ向かって、まるで架空の階段をおりるように、一列になっておりて来たのである。

悪魔の世界の最終作戦

眉村　卓
筒井康隆

筒井康隆が眉村卓の家へ遊びに行ったときのことである。眉村は留守であった。彼の帰宅を待ちながら筒井は、眉村の机上に置かれた原稿用紙の裏に、その時思いついたSF短篇を書きあげた。帰りがけ、筒井は、そんな短篇を書いたことなどもう忘れてしまっていたので手ぶらで去った。その原稿用紙の表側には、眉村の新らしい作品が書かれていたのである。締切日が来て、眉村はその作品を郵送した。彼は自分の原稿の裏面に、別の短篇が書かれていることなど、知る筈《はず》がなかった。編集者は仕事に追いまくられていて、その原稿をろくに読みもせず、すぐに印刷屋へまわした。

校正刷りを見たとき、編集者はあわてた。そこには二人の作者の二つの作品がごちゃまぜになって印刷されていたのだった。

大校正をしている時間はなかった。しかたなく編集者はこの、眉村卓作「最終作戦」と筒井康隆作「悪魔の世界」をあわせてひとつの作品とし、掲載することに決めたのである。この作品がそれだ。


出撃指令のボタンを押したとき、司令官の胸の底には、かすかな悔恨が走った。もはや二度と彼らを中止させることはできないのだ。たとえ侵入者たちが壊滅し、和解を申し入れてきても、それに応《こた》えることはできなくなったのである。

「司令、応答がありました。最終戦闘隊は行動を開始します」

司令官はかすかにうなずいた。どのみちこれ以外に方法はない。これでいいのだ。

だが馬鹿げたことだ。こんな馬鹿なことがあっていいはずはない。いっそのこと、悪魔とでも取り引きをしたい！

最近、利一は本気でそう願っていた。

利一は自分の実力をよく知っていた。もちろん彼としては、せいいっぱいの努力をしたつもりだった。だがＩＱ九十足らずの智能《ちのう》では、二流の公立大学の文科を中位の成績で出られただけでも幸いだったといわなければなるまい。それは利一にもよくわかっていた。しかし利一の野心は、その幸運にただ甘んじているには、あまりにも大きすぎた。この矛盾を解決するのには悪魔の力を借りるより他ないだろうと彼は考えた。

卒業式が迫ってきているというのに、就職先はまだ決まらず、凍結した原野には厚い雲が垂れこめ、風が旋回をつづけていた。地平線をおおってあらわれた無数の金属体が、やがて重いとどろきとなって、圧倒的に移動していた。

特殊鋼と絶縁体の数重層によろわれた中枢装甲車のなかで、AA・2はまじろぎもせずに前方をみつめていた。

「目標点まで二〇〇キロ」

S・13が報告する。

「前進速度を時速四〇キロに落とせ。散開包囲14号隊形」

ただちに全戦隊の指揮官に指令が飛んだ。スクリーンの中での二十万のロボットが一糸みだれず、次第に間隔を開いて行った。

「目標点まで一九〇キロ」

S・13が報告する。AA・2はプラスチックの細い繊維をたばねて出来た指を、音もなく指揮盤に載せた。探知ロケットが飛び出すと、一瞬後には黒点となり、すぐに視界に存在しなくなった。

(……敵を発見……形状・不定……員数・重なりあっていて不明……範囲・径四キロ四方・刻々拡大中)

ロケットの報告に応じてAA・2の照合機が、指令書を走査してゆく。

(色・薄緑……粘体……約五分の一がただいま飛翔《ひしょう》……レーザー効果なし……化学弾効果なし……超音波・影響なし……次の)報告が、ふっととだえる。破壊されたのだ。

「AA・8から連絡要請があります」

S・11だ。「つなげ」

「こちらAA・8、第八軍団全員で戦闘状態に入る」

「こちらAA・2、包囲作戦を採用」

「連絡する。第五、第七軍団は全滅の模様」

「了解」

「最終戦闘隊総合指揮機AAA・1は破壊された。各軍団のAA級指揮機は即刻自主判断回路をとれという連絡があった」

「了解。勝て」

「終る。勝て」

こんな逆境に負けてたまるか！　だが、ひどい就職難だった。現在二、三の二流会社へ願書を送ってある。返事はまだ来ない。もし書類選考で落されてしまったら……。もしそうなれば郷里へ帰って百姓をやるより他ない。しかし郷里へは帰れない。帰れるものか！　たとえ送金が切れたって。

「連絡電波が切れました」

AA・2は三トンの身体をおこし、すばやく指示する。

「19号隊形。全速。1から40までのA級指揮機は配属全爆弾を解放せよ。41から70までのA級指揮機は立方陣をつくり完全に敵を潰滅《かいめつ》せよ。機能外の事態を除き全判断を委託する」

十万の戦闘ロボットが風を切る鉄壁となった。あらゆる化学的・物理的刺戟《しげき》に対する応戦準備が完了した。残り十万が無数の金属塊をつくりあげ、一定の間隔を置きあって続いた。

雲が切れた。陽が荒れはてた野に、細いベルトを作った。

行く手にうすい緑色の山があらわれた。ふくれ、息づき、輪廓《りんかく》がさだかでないのは構成体がそれぞれ離れたり戻ったりしているからだ。

突然、その山が崩れた。

音を立てて崩れていく自分の野心を感じながら、利一は三畳の下宿部屋の薄暗がりの隅でじっと火鉢の中を見つめていた。

ときどき、やけくそになって、バサバサの頭を乱暴にバリバリ掻《か》きむしり、色あせた詰襟《つめえり》の肩へ白いフケをまき散らした。本当は、立ちあがって歯がみをし、地だんだを踏みたい気持ちだった。

俺は百姓なんか、絶対やらないぞ！

利一の野心は、利一自身が逆に圧倒され、それにふりまわされそうになるほど大きなものだった。しかし、日々甘い成功の白昼夢に酔って、真剣に見つめようとはしなかった現実が、今こそその野心を粉砕しようとして、荒れ狂う怒濤《どとう》となって襲いかかってきているのだ。重なりひしめきあい、津波となって、ロボットたちめざして押し進むアメーバ状の幾億の固体。すべり降りた侵入者たち。

その距離がちぢまった。原野の色が奪われて行った。土を進むもの、空を行くもの、ことごとくが、巨大な集団どうしの声のない衝突――。

瞬時に白光が至るところで閃《ひらめ》いた。そのえぐられた土を、緑のアメーバと金属体がただちにおおった。

二つの色が合わさり、境界線が屈曲し、入りみだれ、やがて模様となった。鉄が、有機体を踏みつぶし、緑の肉が金属体のすきまからすべり込んだ。金属が溶け、アメーバが泥になった。おお悪魔よ出てこい！　お前に俺の魂を売ってやるぞ！　俺は現実の悲惨さよりは、地獄での苦しみを買うんだ！　ファウストさながら、利一は絶望的に叫んだ。

とつぜん、火鉢の横にキナ臭い煙が立って、利一は咳《せ》きこんだ。その上へ、いつ現われたのか、円盤が幾千舞い降りてきた。地面に触れるとその円盤は消滅し、アメーバ状の侵入者が泉のようにあふれ出たのであわてて窓をあけると、斜めに畳の上へ落ちた西日の中に悪魔がいたためにロボットは戦い、相手を潰《つぶ》し、砕き、焼いた。それから溶かされて肉塊の中へのめり込んで行った。

AA・2は指揮盤に手を触れたまま、この闘争をみつめていた。

「連絡を要請せよ」

「要請します」

「全軍団の動向を聞け」

「聞きます」

すべてのS機が同時に動きはじめた。

「AA・1、応答なし」

「AA・3、後退中。連絡不能」

「AA・4、応答なし」

「AA・5、答えなし」

「AA・6、おなじ」

「AA・7、捕獲されました」

「AA・8、返事なし」

「AA・9、おなじ」

「AA・10、連絡不能」

「呼んだろ？」

「ああ、呼んだ」

「契約か？」

「そうだ」

悪魔は書類を出した。

「サインしろ。この世はお前の思うままになる」

「戦闘能力保持軍団……第二軍団以外まったくなし」

「決定的戦闘隊形用意」

「用意します」

「全員交戦。A・70隊に中枢車防備をまかせて、そのほかはみな一対一破壊態勢」

ロボットたちの全身がカッとかがやいた。「制限時間、五分以内に全エネルギーを傾注せよ」

手持ちのすべての能力が、いっせいに侵入者めがけてぶち込まれた。一体、また一体と、ロボットはアメーバをかかえ込んだまま蒸発した。みるみる周囲の混乱が整理されて行った。

十分もたたないうちに、AA・2の装甲車のまわりには五十体のロボットしか残っていなかった。

敵の影もほとんど見えない。遠く、小さな塊になっているばかりだ。

と、その塊が徐々に、やがて猛烈なスピードで膨張しはじめた。狂気のように個体は個体を生みつづけ、溢《あふ》れ、わき返り、小さな山になって行った。

AA・2はそれを見ていた。

「蓋《ふた》をあけろ」

命令はただちに実行され、中枢装甲車は無防備の姿勢で停止した。

侵入者が、滝のようにすべり込んできた。溶けた。AA・2もS・11もS・13も、すべてが破壊された。指揮盤に侵入者たちはとりついた。地上最後の指揮盤が破壊された。アメリカ大陸でもヨーロッパでもアジアでも南極でも、各軍団は完全に潰滅した。指揮盤の存在が安全弁になっていた曳《ひ》き金がひかれた。

「終った」

スクリーンに映る地球をみつめながら、司令官はうめき、ゆっくりと眼を閉じた。大実力者として政界、財界に君臨した利一は、美しい妻と大勢の側近に見守られながら、今しも息を引きとろうとしていた。だが彼は、死後の世界の恐怖におののいていた。さあ、地獄の責苦がまっ黒な口をあけて俺を待っているんだ!

スクリーンに映る地球は、もう地球ではなかった。白熱し燃える巨大な火球だった。全地球を死に至らしめる決定的な超水爆が連鎖反応的にその効果を発揮したのだ。

「あれだけの装備をもった最終戦闘隊でも駄目だったのですか……」部下が呻《うめ》くようにいった。「所詮、われわれの手に負える相手ではなかったのですね」

「もう言うな」司令官はくらい声でさえぎった。「やつらは地球の半分をよこせといってきたんだ。人類は全力をあげねばならなかった。ロボットの能力をもってしても勝てなかったのだから仕方がない……われわれは焦土作戦をとってできるだけ多くの人間を月へつれてきた。……それでよかったのじゃないだろうか……」

「司令」

「ん？」

「避難民たちが騒ぎだしたようです。地球が燃えてしまうのを見ていたんですよ」

「やむを得ん」司令官は言った。「強制催眠教育で、彼らの心から地球を消してしまわねばならん……予定どおりにな」

「忙しくなりますね」

部下は席を立ちながら笑った。「ただちに準備にかかります」

「急いでくれ」

他の人間が全部出て行っても、司令官はしばらく白熱の地球を眺めていた。

おそらく、地球が冷え、ふたたび人間が帰ってゆけるようになるまで、何千年もかかることだろう。それまでわれわれは、地球のことを忘れてしまわねばならないのだ。かつて地球に住んでいたこと……そこで築きあげられた多くの貴重なもののことを……。

司令官は両手で顔をおおい、利一は顔を引きつらせた。

「助けてくれ!」

その絶叫と同時に、彼の枕もとに悪魔があらわれて訊《たず》ねた。

「どうした? 何を怖がっているんだね?」

「わしはどんな目に遭うんだ? 針の山か? 血の海か? 煮え湯を飲まされるのか?」

悪魔はあきれたような顔をした。「お前は何も悪いことをしていないじゃないか。何故地獄へ落ちると思うんだね? 契約書を読まなかったのか? われわれ現代の悪魔は、魂なんて無形のものが欲しいんじゃない。人間の慾望から生まれるエネルギーが欲しいんだ。この世がお前さんの思い通りになるということは、われわれがお前さんの好きな世界を構成してやるということだったんだぜ。あんたのような能なしが、実社会でこんな実力者になれると思うかね? あんたが充足感に浸っている間、余剰エネルギーはわれわれが預っていた。その利息が利息を生んで、今じゃ精算は終ってるんだぜ」

「何だと?」利一はあたりを見まわした。妻も、側近たちも、今はすべて悪魔の姿に戻っていた。ひょっとすると……と彼は思った。われわれはかつて月に住んでいて、それから月のことを忘れさせせられたのではなかろうか。いまみずからの手で、地球を死の世界にしたと同じように……実は……今までのことはすべて、悪魔たちの作った虚構だったのだ。彼は叫んだ。

「契約違反だ！」

「まあ、そういうなよ」彼の妻の役割をしていた悪魔が、ニヤニヤ笑いながらいった。

「四十年もあんたとつきあうのは、厄介だったぜ」

利一はまた叫んだ。

「だ、だまされていたんだ！」

司令官はそう叫んだ。

ほほにかかる涙

感情過多症とでも、いうのだろうか。

と、いっても、笑ったり怒ったりはしない。もちろん面白いことがあれば人並に笑うし、腹がたてばいらいらするが、それが極端になってくると、いつも泣いてしまうのである。最近では、ごくつまらないことですぐに泣き出すようになった。

通りがかりに、近所の子供たちが道ばたにしゃがみこみ、地べたに絵か何かを描いているのを見ただけで、もう、ちゃんと泣けてくる。

——可哀そうに、こんな町のまん中にいるものだから、遊ぶところがないのだ。それであんなことをして遊んでいる——。

たちまち胸がいっぱいになってくる。涙がどっと眼にあふれ、ぽろぽろと頬をつたう。咽喉《のど》をつまらせて泣きながら、家に帰ってくる。しゃくりあげながら、ひとりごとをいう。

「可哀そうに、あの子供たち……」

声に出して言ってしまうと、もうだめだ。たちまちおれは泣きくずれる。おいおい泣きながら、畳の上を、座布団をかかえてのたうちまわる。まるで気ちがい沙汰《ざた》だとは思うものの、自分ではどう仕様もない。

電車通りで、タクシーとダンプカーの運ちゃんが喧嘩《けんか》しているのを目撃する。どうやら接触事故らしい。目くじら立てて喧嘩するほどの事故でもないのである。

――どちらも、いらいらしているのだ――と、そう思う。――深夜運転、安い月給、過度の緊張の連続、そんなことで疲れ切っているのだ、可哀そうに――。

運ちゃんたちが、可哀そうでたまらなくなる。喧嘩しているあの二人だって、ほんとは泣きたいくらいの気持なのだろう。ふたりで手を握りあい、おいおい泣きたいくらいの気持なのだ――そう思うと、自分もいっしょに、彼らと三人で、抱きあっておいおい泣きたい気持になるのだ。

「ふたりとも、悪くないのだ」小声で、そういってみる。「疲れているのだ。ふたりとも、ほんとは、実にいい人間なのだ。生きることにけんめいなのだ」

ひとりごとを言いだすと、もうだめだ。涙があふれ、胸がつまる。しゃくりあげ、やがてむせび泣いてしまうのである。周囲の人がこちらを見ているのがわかる。しかし、自分ではどうにもできないのだ。大通りを、わあわあ泣きながら歩く。

マンモス予備校からぞろぞろ出てくる浪人たちを見ても、すぐ泣けてくる。

――青春を謳歌《おうか》することもできず、机にかじりついていなければならないなんて、可哀想だ――涙が頰をつたう。

大学の数は多いのに、人間はもっと多い。多すぎる。しかも大学を出ていないと、満足に就職できないのだ。詰めこみ教育のために、どれだけ多くの特殊な才能が埋もれて行くことか。どれだけ多くの、いい青年の若い希望が潰《つぶ》されていくことか――。

これは何が悪いのだ。大人が悪いのだ。資本主義が悪い。社会が悪くて政治が悪い。

彼らはその犠牲者だ。遊びたい盛りを、好きな本をたくさん読みたい盛りを、嫌いな学科まで詰め込まれ、それぞれの特異な能力のことなど誰にも考えてもらえず、ますます平均化した人間に改造されていく。

可哀そうに。ああ、可哀そうに。

おいおい泣き続けていると、通り過ぎていく彼らは不審そうな眼でこちらを眺める。

だが胸の中は熱いものでいっぱいだ。とても泣き続けずにはいられない。

バーへ行っても、このあいだから泣き上戸になっているので、すぐ泣いてしまう。

カウンターに腰をおろすと女給たちが、またあの泣き虫がきたという顔で、こちらを見てくすくす笑う。

ボックス席の方では中年のサラリーマンたちがさかんに気焔《きえん》をあげている。自分がかつて如何《いか》に大きな仕事をしたか、また現にしつつあるか。しかし社長や専務は、常務や部長は、理事や課長はそのことで自分を認めてくれただろうか。認めてくれない。社長とあの秘書はあやしい。常務は妾《めかけ》を二人持っている。専務は低能だ。理事たちは能なしだ。部長は部下を可愛《かわい》がろうという気がぜんぜんなくて、あれでは駄目だ。課長は係長時代に使い込みをして、それは社内の誰でもが知っているのだが、常務の甥《おい》だから課長になった。係長はバカだ。主任は白痴だ。今の会社に長くはいてやらないぞ。もうすぐやめてやる。やめてやる。まあまあ君、もう少し待て、もうちょっと辛抱しろ。おれが君の係長になんとか……。

可哀そうに。彼らは会社で、誰に威張ることもできないのだ。ペコペコと頭の下げどおし。家に帰れば亭主を馬鹿にする妻と、父親をばかにする子供たちに、さんざん己れの無能力を省みさせられ……。可哀そうだ。彼らはこんなところでしか、言いたいことがいえないのだ。みんな善良な、いい人間ばかりなのに……。

笑っている。だが、腹の底から笑っているのではない。冗談でも言っていないことには、たまらなくなるものだから、無理に笑っているのだ——。また泣き始める。可哀そうだ。ほんとに可哀そうだ。

カウンターに突伏しておいおいと泣いていると、また始まったという顔で、バーテンや女給がこちらを見る。だが、泣きやめることはできない。

帰りの夜道、野良犬があとをつけてくる。痩《や》せた野良犬だ。

「痩せている」そうつぶやいただけで、もう涙がこみあげてくる。「腹を減らしているのだ。満足にものを食っていないんだろう」

可哀そうに——涙がこぼれ落ちる。わあわあと泣く。

駅のプラットホーム。混雑している。電車が入ってくると、乗客がわれ勝ちにドアの前でひしめきあい、おばあさんを押しのける。上品そうなそのおばあさんは、若い男たちに邪険に小突かれ、プラットホームでよろめき、あわてて人波を避け茫然《ぼうぜん》と佇《たたず》んでいる。

「気の毒だ。あんないいおばあさんが、電車に乗れなくて困っている」たちまち泣き出してしまう。おいおい泣きながら、おばあさんにいう。「お困りでしょうね。どうしてみんな、あんなにわれ勝ちに乗ろうとするんでしょうね。悲しいことです。さ、ついていらっしゃい」

おばあさんの手をひき、人混みをかきわけ、泣きつづけながら叫ぶ。「このおばあさんを、乗せてあげてください。このおばあさんは、いい人なんですよ」わあわあ泣きさけぶ。「あなたたちの、ちょうどお母さんくらいの歳の、いい、おばあさんなんですよ。どうして押しのけたりするんですか。どうしてそんなに、小突きあうのですか。みんな人間どうしじゃありませんか」

あふれる感情に押し流され、電車に乗ってからも泣きやめることができない。おばあさんにかきくどく。「あなたは死んだお母さんを想い出させます。母も、あなたのように上品で、おとなしい人でした。それなのに、いちども親孝行をしなかった」泣きわめく。「あなただけは、しあわせに暮してくださいね」

「やかましい」

「気ちがいだ」

「おろしてしまえ」

しまいには怒り出した周囲の乗客のため、プラットホームへ突きおろされてしまう。それでもまだ、涙が頰をつたう。「気が立っているのだ、みんな」おいおい泣く。「毎朝のラッシュ・アワーに揉《も》まれ、みんな、気持がかわききってしまっているのだ。みんな、いい人たちなのに……。可哀そうだ」

しかし、こんなに泣きかたがひどくなってきては、本職のグラフィック・デザインの仕事にまでさしつかえる。何とかしなければいけない……。

ある日、近所の顔見知りの眼科医のところへ診察を受けに出かけた。

「さあねえ。泣くというのは眼が悪いからというわけじゃないでしょう」一応診察してから、その医者はそういった。「しかしまた、こうも言えますね。おかしいから笑うのではない。笑うからおかしいのだ、と。つまり、周囲の人が笑っているから自分も笑う。すると、なんとなくおかしくなり、しまいには腹をかかえて笑いころげるということがありましょう。あの理屈ですな。それと同じ論法でいくと、悲しいから涙が出るのではなく、涙が出るから悲しくなって泣いてしまうということもあり得ます」医者はカルテを見ながら、さらにこう言った。「今、診察したところによりますと、たしかにあなたの涙腺は、多少肥大しているようです。だいぶお困りのようですから、その涙腺の機能にちょっとばかり、障害をあたえておきましょう」

これにはおどろいた。「そんなことができるのですか」

「いやいや、今のはわかり易《やす》く言っただけです。なあに、ほんのちょっとした手術ですみます。時間もそんなにかからないでしょう」

麻酔をかけられたので、どんな手術をされたのかは知らないが、気がついた時にはもう手術は終っていて、なんとなく眼がちくちくしていた。

その手術はたしかに効きめがあったようだ。以前のように、つまらないことで泣くということはなくなった。いや、多少悲しいことがあっても、涙が出ないものだから少しも泣く気になれず、平気でいることさえできるようになった。

これでどうにか、スムーズに仕事ができるようになったと喜んでいると、今度は次第に眼が充血しはじめた。

手術後二週間ほどして、いやに眼が痛むので、鏡を見ておどろいた。白眼の部分がまっ赤なのである。

「あっ、これはどうしたことだ。仕事のやりすぎで眼が疲れたのだろうか」

あわてて眼薬をさした。ちくちくと、ひどく眼が痛んだ。ゴミが入って、眼球にだいぶ傷がついていたらしい。

それからも、眼が痛むたびに眼薬をさしていたが、そのうち痛みかたがただごとではなくなってきた。仕事にもさしつかえるようになってきたのである。これはいかん、どうもこの間の手術のせいらしいと思い、ふたたび眼科医院の門をくぐった。

「どうも、涙腺手術をきつくやりすぎたようですなあ」医者は診察してから、そんな無責任な言いかたをした。「あの手術はどうも、失敗だったようです」済まなそうな顔もせず、そういうのだ。

こちらは視力も商売のもとでだから、そんなに簡単に失敗されたのでは、たまったものではない。「なおらないのですか」

「このままほっておくと、めくらになります」

「それは困ります」あわてた。「わたしの商売はグラフィック・デザインです。めくらになっては仕事ができません。死活問題ですから、なんとかしてください」

「涙というものは、ご存じのように」と、医者は説明をはじめた。「ただ泣く時のためにだけ出るのではありません。涙というのは一種の消毒薬みたいなものです。空気中には、いろいろなゴミがあり、それらのゴミはとんできて眼にとびこみ、われわれの知らぬ間に眼球を傷つけているのです。涙はそれらの傷を消毒し、治療する薬の役目も果たしてくれるのです。それらのゴミ——こまかいゴミを洗い流してくれるのです。ご存じですか」

「そんなことなら、だいたい知っています」

「そうでしょうな」医者はうなずいた。「つまり涙というものは常に出ている状態にあるのが正常です。言いかえれば、人間はつねに泣いているのがあたり前なのです。昔の人は、もっとたびたび泣いたでしょうが、現代人はいそがしくて、泣いている暇もないので、あまり泣かないのでしょう。泣くタネは尽きず、昔よりはある意味で泣く機会も多くなっているにかかわらず、あまり泣かないということは、人間の心が乾ききってしまっているからに他ならないのではないでしょうか」

医者は次第に演説口調になってきた。

「最近、眼の病気が多くなってきたのも、原因は案外こんなところにあるのかも知れません。あなたの場合も、もともとよく泣く状態にあった健康な眼を、無理に乾燥させてしまったのが、よくなかったのです」まるで自分の手術の失敗を弁護し、こちらに責任をなすりつけるような言いかただ。

もういちどくり返して訊《たず》ねた。「なおりますか、なおらないのですか」

「診察したところによりますと、あなたの眼球には、ひどく傷がついています。しかし、今すぐ涙腺をもとに戻せば、傷はなおるでしょう」

「では、今すぐ涙腺をもとに戻してください」

「それが、駄目なのです」医者は冷たくかぶりを振った。

「たとえば水道の栓を固くしめたまま抛《ほう》っておくと、パッキングがからからにひからびて、蛇口は錆《さ》びついてしまいます。それと同じにあなたの涙腺も、長いこと涙で湿った状態にはなかったわけですから、すっかり枯渇して、ひからびてしまい、もう使いものにならなくなってしまっています。ちょっと困りましたな」

「ちょっと困ったでは、すみません。こちらは仕事ができなくなります。他に能のない人間ですから、このままでは首でも吊《つ》るより他、しかたがありません」

「まあ、そんなにあわててはいけません」医者は自殺でもされては大変だと思ったらしく、ちょっとあわてた。「なんとかできると思います。何かいい方法があると思います」診察室の中を考えながらぐるぐると歩きまわった。

やがて医者は立ちどまり、ぽんと手をうって言った。「いいことがあります。こうすればいいでしょう」

「ああ。そうしてください」

「まだ何も言っていません」

「どんなことですか」

「唾液《だえき》が眼から出るようにすればいいのです。ご存じとは思いますが、唾液というものも一種の薬です。消化の役割を果たす一方、消毒の役割も果たします。犬や猫が、傷口をぺろぺろ甜《な》めているでしょう。あれは唾《つば》で消毒しているのです。つまり唾液は、涙としての役割も充分果たすことが可能なわけです」

「しかし、そんな手術ができるんでしょうか」

「なに、案外かんたんにできると思います。唾液が分泌されるのは、舌下腺、耳下腺、顎下腺《がっかせん》などからですが、このうちの耳下腺を眼の方へ連結します。だいじょうぶ、今度は失敗しないようにやります」

そんなに何回も失敗されてはかなわない。

また、麻酔をかけられ、前後不覚になった。

眼がさめると、医者が笑いながらいった。

「手術は終りました」

いつも、あまり簡単に手術が終るので、なんとなく不安だった。だが今度こそ、手術は成功だったようである。

それからは、涙も適当に出るようになり――ほんとは唾が出ているのだが――眼も痛まなくなった。仕事も進み、首を吊らなくてもいい状態になった。あの医者に感謝しなければならないだろう。

ただひとつ、困ったことがある。もっともこれは些細《ささい》なことで、前の状態に比べれば、大したことではないのだが――。

つまり、ものを食べている時に涙が出て困るのだ。ぽろぽろ涙をこぼしながら飯を食っている図など、あまり人には見せたくない。まあ、飯はたいてい家で食べるから、前ほど恥をかかないですむのだが、こうなってくると、結局いちばん最初の状態と、たいしてかわらないことになってしまった。

諸君はどちらがいいと思う？

ちょっと悲しいものを見ると、泣けてしかたがないという状態と、旨《うま》そうなものを見ると涙が——ほんとは、よだれなのだが——出てしかたがないという状態と——。

女スパイの連絡

地下にある、あなぐらのようなゴーゴー・クラブで、その娘は踊り狂っていた。部屋のまん中のやや広い場所では、彼女のほかにも数人の男女が踊り続けていた。サイケデリックな照明を浴び、娘の大胆なサイケ模様のミニは、ゆらゆらと揺れ動いていた。娘の長い髪も、海底の藻のようにゆれていた。それは美しい娘だった。踊っている娘たちの中でも、いちばん美しかった。

壁ぎわのテーブルにも、多勢の客が腰を据えていた。彼らは、踊っている連中を眺めたり、酒を飲んだりしていた。

壁ぎわの客の中に、おかしな三人づれがまじっていた。三人とも、一様にヒッピー・スタイルで、あごひげを生やしていた。彼らは並んで壁にもたれ、踊り続けているあのいちばん美しい娘を眺め続けていた。

右端の男は、娘の動きを、じっと観察していた。手のあげおろしに、いちいちうなずき、くり返されるステップを憶《おぼ》えようと、けんめいに眼をこらしていた。

中央の男は、娘の服の模様を見つめ続けていた。赤と、グリーンと、黄色を主調にしたその曲線の模様を、彼は眼を見ひらき、凝視していた。

左端の男は、盲目だった。

当然娘の姿は見えない。だが彼は白く濁った眼をホールの中央に向け、音楽に合わせて肩をゆすっていた。

その娘は、じつは某国諜報《ちょうほう》機関の、東京支部連絡員——つまり連絡係の女スパイだったのである。

そして壁ぎわの三人の男は、彼女からの連絡を受けとろうとしてやってきた、東京工作員だった。

右端の男は、彼女の動作から、連絡を受けとろうとしていた。彼女の手のあげおろし、くり返されるステップには、ひとつひとつ意味があった。反復行為暗号の解読員——それが右端の男だったのである。

中央の男は、娘の服の模様から、連絡を受けとろうとしていた。赤と、グリーンと、黄色を主調にした彼女の服の曲線模様の中には、暗号の文字が書かれていた。しかもその文字は、まともな視力の持ち主にはわからないように描かれていた。つまり、赤緑色盲の人間にだけは解読可能なのである。中央の男は赤緑色盲だった。ふつうの人間には、彼女の服の赤とグリーンはごちゃごちゃに入りまじっている。だがこの男には、赤とグリーンが単一の色彩として見えるのだ。この男は赤緑色盲暗号の解読員だったのである。

音楽が、突然中断した。

左端にいた盲目の男は、おかしなことをした。

彼はゆっくりと立ちあがり、白い杖《つえ》をたよりに、ホールの中央へ歩き出した。そして、娘に近寄り、そっと彼女の頰に接吻《せっぷん》した。それから右手で、彼女の顔をゆっくりとなでまわした。

遠くから見るとわからないのだが、この娘の顔には、年ごろらしくかなりのニキビが出ていた。盲目の男の指さきは、そのニキビをなでまわした。そのニキビは点字による暗号だった。盲目の男――それは吹出物点字暗号の解読員だったのである。接吻には意味はない。ただの役得である。

三人の男は、そのディスコティックを立ち去った。

「よく帰ってきたな」

三人の男が戻ってくると、やはり地下の秘密の連絡場所に集っていた某国諜報機関、東京工作員たちが彼らをとり巻いた。

「どうだ。あの娘からの連絡は受けとったか」と、ひとりが訊《たず》ねた。

三人は、いっせいにうなずいた。

「では、順に報告しろ」

まず右端にいた男――反復行為暗号の解読員が喋《しゃべ》りはじめた。「ホンモノハ、タイホサレタ。ソシテワタシハ……」

色盲の男があとを続けた。「CIA。ソシテ、アナタタチハ」

「バカヨ」と、盲目の男が叫んだ。

そのとたん、ドアをぶち破り、CIAの連中が拳銃をぽんぽんぶっぱなしてなだれこんできた。

EXPO2000

人類の祭典、EXPO2000はいま開会されようとしていた。

その開幕は、来場者たちに、例年ほどのはなばなしさを感じさせなかった。

過去の万国博会場に見られたような、奇矯《ききょう》な形の展示館や、けばけばしい色彩の建物はひとつもなかった。

海岸近くにあるシンボルゾーンのタワーも、ややクラシックな形の、渋い落ちついた色調のものだった。

そのシンボルタワーの頂に、英一は、婚約者のみどりとともに立ち、会場全体を見おろしていた。

「浮わついた感じが、全然ないわね」と、みどりがいった。

「テーマが、人間性の回復と人類の協調だからね」と、英一は答えた。「だから事務局のほうじゃ、各国や各企業に、そのテーマにしたがってくれと呼びかけたそうだ」

「そのテーマにしたがうって、どういうことなの」

「建物の大きさや奇抜さで競争することを避け、会場のハーモニー構成に参加することだよ。だからどうだい、よく統一がとれてるだろう」

「ほんとね。建物が小さくて、みんな森の陰にかくれてるわ」

人工の島に満ちあふれる植物の群れは、会場全体に安らぎをあたえていた。そしてその中に点在する展示館などの建物は、まるで住宅のような、家庭的な感じのする建物ばかりだった。

英一が、くすくす笑った。

みどりがたずねた。「どうしたの」

「いや。おやじがこの光景を見て、どう思ってるかと思ってね」

「おとうさまも、きょうはこの会場のどこかに、来てらっしゃるんでしょう」

英一はうなずいた。英一の父の作造は、業界一の時計メーカーの社長であり、そして英一は宣伝担当重役なのである。

「最初おやじは、ぼくの反対を押しきって、この会場に、二千個の時計を埋めこんだ、月ロケット型の時計塔を建てるんだと主張していたんだよ」

みどりは目を丸くした。「まあすごい。どうしてそれを実現しなかったの」

英一は会場をさした。「考えてみたまえ。ここへそんなものを作った日には、この調和のとれた会場のふんい気がぶちこわしだ。そりゃあ、業界一の大企業だということを誇りたいおやじの気持も、わからないわけじゃない。しかし世界全体から見ればまだまだ小企業なんだ。だからぼくは、全世界の時計業界と協力すべきだ、とおやじにいってやったんだ。だけどおやじは国粋主義者なもんで、外国と協力するなんてとんでもないっていうんだ。EXPO2000は二十一世紀の開幕のファンファーレだ、その時こそ日本民族、アジア民族の繁栄を欧米人に誇るべき時だ、二〇〇〇年代は有色人種の時代にすべきだ、なんていい出すんだよ」

「まあ」

みどりは、少し困ったようすで美しいグリーンの瞳《ひとみ》を伏せた。風が、彼女の金髪をなびかせた。

「じゃあ、おとうさまは、わたしたちの結婚も許してはくださらないかしら」

彼女の心配は、それだったのである。

彼女は純粋のフランス人だった。日本びいきの両親が、彼女にみどりという名をつけたのだ。

「心配いらないさ」英一はやさしく彼女の肩をたたいた。「ぼくが説得する。この会場への出品のことだって、結局はぼくにまかせてくれたんだからね」

「そうね。……でも、その時計塔の企画を、どうしておとうさまに思いとどまらせることができたの」

「なあに、自分でもさすがに具合が悪いと思ったんだろうけど、事務局の方から企画の変更を申入れてきたんだよ。調和を乱すおそれがあるという理由でね」

「ふん。調和！　調和！　調和か！」

その時、作造はぷりぷり怒って、英一にやつあたりしたものだった。

「調和を乱すくらいでなきゃ、目立たない。目立つくらいでなきゃあ、企業イメージを誇示できないじゃないか」

「しかし、時計塔を作るとすれば、数億の金がかかるんですよ。おとうさん、いまは自分の会社の繁栄や宣伝だけに力を入れている時代じゃありません。いまは情報社会です。だから、国家とか民族とかいう意識もうすれつつあるんです。情報に国境はありませんからね」

英一の言葉に、作造は吐息まじりにいったものだ。「じゃあ英一、お前の案というのを聞かせてくれ」

「全世界の時計業者と協力します」

「協力?」

「最近、経済界・産業界に進出してきた中華人民共和国の関係者が、やはり国力を独自に誇ろうとするでしょうが、これもなんとかくどいて協力させます。そして全世界の時計メーカーが一致して、ただひとつのアイデアの下に集るのです」

「ふん。で、何を出品するのかね」

「出品するという形はとりません。参加するだけです」

「参加するだけだと。何も出品しないんだと!」作造は眼をむいた。「冗談じゃない。それじゃまるっきり、無意味じゃないか!」

「ま、いまにわかりますよ。見ていてください」その時英一は、自信ありげにそういいながら微笑したのだった。

「おやじはまだ、時計業者がこのEXPOに、どういう形で参加したのか知らないんだ」英一はそういってから、みどりの顔をのぞきこんだ。「そうそう。君にもまだ、話してなかったね」

「ええ。早く知りたいわ」

みどりがそういった時、EXPO会場には、正午が訪れた。

その時——。

来場者のすべてが、美しい懐郷的な音色を耳にした。それは、一瞬だれもが耳を傾けずにはいられないほどの美しい音色であった。

午砲《どん》だった。

「まあ。きれいな音楽！」みどりは肩をふるわせ、目を輝かせて英一を見つめた。「これだったのね。これが、全世界の時計業界が協力して参加したものなのね」

「そうだ」

英一はうなずいた。「ぼくたち世界中の時計メーカーは、全世界の午砲のメロディーを集めたんだ。鐘、サイレン、オルゴール、ラッパ、あるいはほら貝——。そしてそれらすべてのメロディーを組みあわせ、この音を作りあげたんだ。世界中の人が、故郷を思い、胸打たれ、懐しさに立ちどまり耳をすまして聞きほれるような音色とメロディー——それをぼくたちは、協力して作りあげたんだ」

メロディーが流れる間、会場いっぱいにひろがっていたざわめきは消えた。ある人はほほえみ、ある人は涙ぐみ、ある人は感動に目を輝かせ、会場のあちこちに設置されているスピーカーを見あげた。

「この午砲は、このメロディーは、いつまでも残るわ」と、みどりはいった。「世界中で午砲に使われ、愛され、親しまれて」

「おやじも、会場のどこかで聞いているはずだよ」英一も、みどりの手をぐっと握りしめてそういった。

「ぼくたちの結婚だって、きっと許してくれるはずだ」

太平洋上、午砲の響きわたる中に差しこんだ正午の陽光が、シンボルタワーの頂に立つ彼女の金髪を、きらきらときらめかせていた。

マルクス・エンゲルスの中共珍道中［未完稿］

「マルクス・エンゲルスという男を知っているか」

局のロビーでコーヒーを飲んでいたおれの前のソファに腰をおろすなり、プロデューサーの北原がそう訊《たず》ねた。

「ああ。カール・マルクスと、フリードリッヒ・エンゲルスのことか」と、おれは訊ね返した。テレビ大学で思想史の講座をとったことがあるので、名前ぐらいは知っていた。

「なんだって」北原は眼をしばたたいた。「マルクス・エンゲルスというのは、ふたりの人物だったのか」

「そうだよ」北原の無知にあきれながら、おれはうなずいた。「『共産党宣言』を合作して以来、政治思想家としてはマル・エン・コンビで売り出したんだ」

「丸と円か。もうひとつ輪があれば石鹼《せっけん》のコマーシャルに使えたな」北原はぶつぶつと呟《つぶや》いてから、興奮した時のくせで眼をまん丸に見ひらき、顔をあげて言った。「合作なんてものは、そんな昔からあったのか」

「そうらしいね。もっとも、今ほど盛んじゃなかったようだが」

今ではほとんどの小説が合作だ。たまに個人の名で書いた小説があっても、どうせ数人のペンネームだろうといって誰も信用しない。現代の作家は、単独ではとてもマスコミの注文に応じ切れないのである。

「まあいい。で、そのふたりはどういう関係なんだ」と、北原がいった。「同性愛か」

自分にその傾向があるものだから、なんでもそう思い込みたがるのだ。

「どうかなあ。肉親でないことは確かだろうね」そんな詳しいことまで、大学では教えてくれなかった。「カール・マルクスの方の弟には、グルーチョとかハーボとかいうのがいて、こっちの方はハリウッドへ行って、だいぶ荒かせぎしていたそうだがね。だけど、それがどうかしたのか」と、おれは北原にいった。「なぜそんなに、マル・エンに興味を持つ」

「次週の『歴史とのデイト』で、彼らをとりあげようという企画がもちあがったんだ」

『歴史とのデイト』という番組は、タイム・マシンを使って歴史を見るという、一年ほど前から始まった教養番組だ。もっとも、教養番組といったところで、ひと昔前のそれとは違い、今では娯楽的要素がたっぷり含まれていて、教養とはほど遠いものになってしまっている。

「ディレクターは君だ」と、北原はおれにいった。「君は畠《はたけ》違いだけど、思想史に詳しいようだから、君にやってもらおうということに企画会議で決定した」

「それは困る」おれはうろたえた。「おれには自分の番組がある。『今週の絞首刑』と、『総理と踊ろう』だ。ふたつだけで手いっぱいだ」

「薄情なことというなよ」北原は恨めしそうな顔をしておれを見つめた。「君を推薦したのはおれだぜ。おれの顔を潰《つぶ》すのか。おれとは友達じゃなかったのか」

「余計なことをしてくれた」おれは頭をかかえ込んで呻《うめ》いた。

しばらく考えてから、彼に向き直った。「あの『歴史とのデイト』は、視聴率があまりよくないじゃないか。あの番組、まだまだ続くのか」

「スポンサーが意地になってるんだ。今まではたしかに出来がよくなかったけど、今度こそはというので……」

「出来がよくないどころじゃない。おれが数回見た限りでは、まるで無茶苦茶じゃないか。この前の奴なんか、ひどかった」

「ああ。あれはフロイトを現代へつれてきたら、奴さん騒音でノイローゼになっちまったんだ。その前はケネディを訪問したら、カメラマンの奴がついうっかりと、あんたはもうじきライフルで殺されますと喋《しゃべ》ったもんで、ホワイト・ハウスから叩《たた》き出された。卑弥呼《ひみこ》に会いに邪馬台国へ行ったら、彼女ちょうど死んだばかりのところで、百数十人の奴婢《ぬひ》といっしょにこっちまで殉死させられそうになった。ゲルマン民族の大移動を撮《と》りに行ったが、大水が出たためにネズミの移動しか撮れなかった」いっ気にそう喋ってから、北原は身をのり出した。「しかし、今度は違う。ぜったいに成功させて見せる。とび切り上等のアイデアがあるんだ」

いくら北原が力んで見せても、おれはちっとも気乗りしなかった。おかしな番組を持たされては、ディレクターとしての経歴に傷がつく。今までは無難にやってきた。成功したものもいくつかあり、その中のひとつなどは国際エミー賞をとっている。今、へたな仕事をして格を落されてはたまらない。北原とは局内部での親しい友人だが、これだけは別問題だ。おれは何とかけちをつけて、この評判の悪い教養番組から逃がれようとした。

「マル・エンなんかひっぱり出したって、誰も喜ばないよ」おれはゆっくりと、かぶりを振って見せた。「近頃は大学生だってマルクスを知らないものな」

「いやいや。ただ、ひっぱり出すだけじゃないんだ」北原の声は次第に高くなった。ロビーにいる数人の客や局員がおれたちの方をじろじろと見はじめた。

「三十年ほど前に、中国で紅衛兵というのがあばれたことがあるだろう」北原はさすがに少し声を落しておれにいった。「マル・エンをその時代の中国へつれて行って、紅衛兵に会わせようと思うんだ」彼は舌なめずりをした。「面白いことになるぞ。題して『マルクス・エンゲルスの中共珍道中』という。どうだ。面白いだろう」彼は満面に笑みを浮かべて、うなずいた。

おれにはまだ、ぴんとこなかった。ディレクターとして十年あまりも年季が入ると、いい企画を示された時はすぐにぴんとくる。いくつかある自分の才能の抽出《ひきだ》しが、またひとつ開いたという感じがして、一種の躍動感で心が浮きうきするのだ。だが今、浮きうきしているのは北原だけだった。


（未完）

岩見重太郎

エー今回お好みによりましてスタンダード・ナンバーは天下の豪傑岩見《いわみ》重太郎兼亮《じゅうたろうかねすけ》武勇伝の講談《おはなし》でございます。お話のお古いことは幾重にもお断りしておきます。

信州松本在吉田村、この村の山手に国常大明神《くにとこだいみょうじん》という氏神様《うじがみさま》がございまして、近くの三十いくつかの村がいずれもここの氏子《うじこ》、ところがこの神様には、年に一度、人身《ひとみ》御供《ごくう》を上げねばならぬ。といいますのは、その三十ヵ村の中でハイティーンにとっかかりの娘ができますと、その中でいちばん縹緻《フェイス》がよくてグラマーなお嬢さんを持ちますお宅の屋根へさして国常さんから白羽の矢がとんできてブツーッと突っ立ちます。突っ立ちましたが最後の助　娘『嫌じゃ嫌じゃわたしは行きとうない。どう泣こうがわめこうがそのお嬢さんはお供えとして神様に食われなければならない。食われる限りはグラマーだった方がいいのでしょうが、縹緻《フェイス》の良し悪しも味に関係すると見えます。ずばり面食いの神様ですな。とにかくお供えしないことには、その村だけじゃありません近在三十いくつかの村に祟《たた》ります。どうなるかというと嵐になる大雨が降る地震が起る、地盤沈下があってスモッグが出ます。だから作物が不作になる。そうなってはいけませんから、娘の両親が行かせまいとしても村人たちがほっておかない。その家へ交代で張番《はりばん》に立ちますから夜逃げもできず、しかたなく娘を白木《しらき》の箱へ入れまして、夜になると明神様の神前へ持ってきて供えます。すると神様がやってきてこれをお食べになります。さあ、泣きわめくお嬢さんの髪の毛をまずむしりとって頭からバリバリ召しあがりますか、それとも裸にして股をば引き裂き、骨付鶏肉みたいに太腿《ふともも》から召しあがるか、その辺のところはわかり兼ねますがいずれにせよ人肉嗜食《カンニバリズム》、脂《あぶら》がのっていてさぞかし旨《うま》かろうとは思いますものの、とにかく残酷無比、極悪非道の神様です。

　さてその年は、吉田村の名主藤左衛門の屋根に白羽の矢が立ちました。ここには十七歳になる、ひとり娘のお糸さんというモーレツな美少女がいた。藤左衛門は名主ですから、それまでにも随分他人の娘の親達に意見しております手前、自分の娘の供出だけを忌避するわけにはいきません。お糸さんが健気《けなげ》にも、もう仕方がないと覚悟をした様子ですので、藤左衛門も泣く泣く娘をさし出す決心をしました。

さて今日は祭礼。村中が賑《にぎ》わっておりますが、そこへふらりとやってきましたのが本篇の主人公岩見重太郎でございます。

だいたいこの岩見重太郎というのはどういう素性の人かといいますと、父は岩見重左衛門という五千石《ごく》のお侍で、筑前国名島《ちくぜんのくになじま》の城主小早川左衛門尉隆景《こばやかわさえもんのじょうたかかげ》の臣下。この重左衛門が家中の者からいわれのない恨みを買って闇討ちにあいました。そこで重太郎が親の敵《かたき》を討つため、逐電《とんずら》した敵を追って旅に出まして、信州路さしてやって参ります途中、この吉田村にさしかかったというわけです。

この岩見重太郎、天下の豪傑とは申しますがなかなかの好男子でございまして、何分古い講談《おはなし》の主人公ですから、此《こ》の節の目新しいお話の剣客のような暗い翳《かげ》とかニヒルな様子《ようす》などひと破方《かけら》もございません。ただもう馬鹿ッ陽気で単純で健康で明るい好男子であるというところなど、かく申す筒井斎《わたくし》にいささか似通っておりますが、まあ左様なことはどうでもよろしいので、とにかくそんなお人柄ですから、村の酒屋で一杯飲みながら、この人身御供の話を聞きますと、とてもじっとしてはいられません。

重『ム、、ウ、これはけしからん。世の中は正法《しょうぼう》に不思議なし怪力乱神を語らずというではないか。いかに今日、未だ文明開化の世にあらずとはいえ、だいたい神様が可愛子《かわいこ》ちゃんを食べるとは何事か。これはきっと狐狸《こり》妖怪の仕わざに違いないぞ。

聞けばいたまし盲腸掻《か》ゆし、今宵《こよい》食われるその美女は、小川ローザに似た娘、よく考えればこの拙者、あれは天下の豪傑と、人から呼ばれる身であった。今日《こんにち》ただいま我が耳へ、そう聞かされてはこの儘《まま》に、捨ておくわけには相成らぬ。これ酒屋、おれがその妖怪を退治《たいじ》てやるぞ。

酒屋が驚きました。酒『エエーッ、とんでもないことをいうお人だ。相手は神様、へたに反抗してはこの村はおろか、あたり全体が龍巻きに見舞われます。重『ナニまかせておけと重太郎は自信満々、酒屋は　酒『こいつ必ず発狂人と思いまして相手にしません。

重太郎、村を出てドンドン山手へ登って参りますと、麓《ふもと》から一里ばかり登ったところに立派なお宮がありましてこれが国常《くにとこ》大明神。人は見あたらず、しんとしておりますが、夕刻ですから金燈籠《かなどうろう》に明りがともり、なんとなく不気味です。重太郎そんなミステリアスな雰囲気などにおどおどする繊細な神経の持ちあわせはない、かまわず箱段登ってギイと狐格子《きつねごうし》を開きますと正面には御神鏡が据えられ御幣《ごへい》などが飾りつけてあり、荒菰《あらごも》を敷いた上にいろんなお供え物、また錫《すず》の御酒《おみき》徳利《どっくり》なども置いてあります。重『ハ、ア御祭礼だから種々の供物が致してある。重太郎ごくあたり前のことに感心しまして神前に進み、重『これサ国常大明神、人を食うのはお前かえ。黙っていてはわからない。呑気《のんき》な人もあるもので、しきりに神様に向って話しかけております。重『今晩まかり越したるは、人の尊《たっと》む神様が、女食らうと聞き及び、どうもまことと思われぬ。神の名騙《かた》る妖怪の、仕わざと拙者心得る。よって社《やしろ》にお籠《こも》りいたし、その怪物の正体を、見届け退治仕《つかまつ》る。神様左様思し召《おぼ》せ《め》。あらあらかしこ。頼んでおいて重太郎、ドッカリそこへ尻《しり》を据えてしまいました。日が次第に暮れて参りました。いかにも妖怪の出そうな雰囲気ですが、重太郎サスペンスやスリルを感じる臆病さなど薬にしたくも持たない。むしろジッと坐《すわ》っているうちに腹が減ってきました。そこで眼をつけたのが、一本で一升以上入ろうという御酒徳利。重『神様。お近付きの印に一杯頂戴いたすぞと、口に差してある奉書を引っこ抜きまして、そばの土器《かわらけ》に注いでグビリグビリ。

飲みながらあたりを見まわしますと、今度は剣先鯣《けんさきするめ》が眼につきました。ぐるぐる巻いてあって数匹重ねてあります。重『こりゃまた結構。そいつを肴《さかな》にして徳利一本からっぽにしてしまいました。重『一本も一本も同じこと、これも頂戴する。といってもう一本をとりまして、これもまたたくうちにからっぽでございます。一時に二升の酒を飲みますと、たいていの者なら急性アルコール中毒を起してひっくり返りますが、天下の豪傑ですからそんなことはありません。剣先鯣も数匹ぜんぶ食べてしまいました。鯣《するめ》なんてものは、腹の中で水分を含んでふくれあがります。普通の人間なら数匹は食えない。それを食ったのですから、やはり豪傑だけのことはあると申せましょう。

次に重太郎、お供えの強飯《こわめし》に眼をつけました。重『では次に食事を致そう。アー旨い旨い。ずいぶんひどい人もあるもので、山盛りに盛りあげてあった強飯を全部むさぼり食ってしまいました。何分、昨夜作って一日供えてあった強飯ですから固くなりかかっています。これを食えばたいてい腹痛を起しそうなものですがそうはならない。

次に眼をつけたのが二段重ねのでかいでかいお鏡餅《かがみ》、さすがに重太郎最初はチロチロ伺っておりましたがついにこれにも手をつけ、ボチボチ齧《かじ》りまして、もう固くなりかかったやつをばついに全部食べました。あきれた人があったもので、どんな大食漢でも鯣を数匹に酒が二升、そこへ強飯からお鏡《かがみ》餅まで食べれば胃袋がパンクして死にます。重太郎は天下の豪傑だからそんなことはない。それでもさすがに腹がパンパカパン、身動きもできず天井向いて腹を押さえて、ウーウーうなっております。

そのうち日はズンプリ暮れまして夜もふけてきます。もうかれこれ夜半前、その頃になりますと重太郎、妖怪も神様もみんなみんな夢の中、グウグウいびきをかいて寝込んでしまいました。大胆といおうか野方図《のほうず》と申しましょうか、実にえらーい人です。その時、麓の方からやって参りました村人たち、名主藤左衛門が先頭で、四五十人の屈強の百姓が娘を中に入れました白木の輿《こし》をかつぎ、てんでに手松明《てたいまつ》を振り照らしながら境内《けいだい》へ入って参りました。輿が社前に据えられますと、藤左衛門もう矢も楯《たて》もたまりませんで、手ばなしでワアワア泣き出します。

やがて神主がいとおごそかに祝詞《のりと》を奏しますと、その声でやっと眼を醒《さ》ました重太郎、ノッソリ立って狐格子をギイと中から開きました。

さあ村人たち、おどろいたのおどろかないの□『ワー、キャー、出たーッと誰かが叫ぶなり、まず神主が今までの落ちつき失って顔色をなくし、衣の裾《すそ》を尻の上までまくりあげてあわてふためき境内から逃げ出します。村人たちも遅れじと大騒ぎでそれに続きますが、中には腰の抜けたのもいまして、△『こら。わしの帯をつかむな。そこはなせ。×『マ、マ、待ってくれ。先に逃げちゃいかん。つれて逃げてくれえ。泣いております。

村人たちがすべて逃げ去りましても、親の心はありがたいもので、ただひとり藤左衛門だけは娘の輿の傍らで泣いておりますので、重太郎これに近づきまして、おどろく藤左衛門に名を名乗り、ここで様々に申し含めるのでございますが、お時間の関係もございます、省略させていただきます。

名主藤左衛門に引きとらせまして重太郎、うしろ鉢巻玉襷《たまだすき》、十二分の身仕度、怪物の来るのを待ちかまえます。やがて夜半ともなりますれば、突如一陣のなまぐさい風ドーッと吹き来《きた》り、木の葉がザワザワと音を立て、身の毛もよだつばかりの恐しい有様。

ところへ社《やしろ》の裏山よりヌーッとあらわれました一匹の怪物。両眼さながらサーチライトの如《ごと》く、カッと口を開きますと麻雀のゲタ牌《はい》の如き白い歯が出ます。紅の舌は炎を吐く如く、身の丈は七尺を越す手足の長いやつ、これは猿の劫《こう》を経ました、いわゆる狒々《ひひ》でございますが、これがノッソリと輿の傍へ寄りまして、狒『ウキキキキと嬉《うれ》しそうに笑います。両手でぶっつり〆縄《しめなわ》を引き千切りまして輿を叩《たた》き壊し、中の白木の箱を開けますと、その中にはひとりの美少女、身に白無垢《しろむく》を纏《まと》いガタガタガタガタふるえておりましたが、たちまち怪物を見てキャッと悲鳴をあげました。大藪斎春彦師匠ならばさしずめここで恐怖のあまりジャージャー失禁いたす所でございましょうが、どうやら娘は気絶をしたものと見えます。

怪物は喜んで、さも嬉しそうにゴッホゴッホと胸板を叩き、娘を抱いて立ち去ろうとする有様。重太郎猶予はならじととび出し　重『おのれ妖怪変化《へんげ》待てッと呼ばわりながら、怪物のドテッ腹望んで刀を突通し、えぐりまわしこねまわすと、この怪物意外と弱うございまして、バッタリ倒れヒクヒク手足ふるわせましたのち、すぐに息絶えてしまった。これには重太郎いささか拍子《ひょうし》抜けがしまして　重『ヤアなんて弱い怪物だ。

そうこうしますうち、麓の方から先ほどいい含められていた藤左衛門が、村人たちをひきつれまして首尾は如何《いか》にとふたたびやって参りました。藤左衛門は重太郎を見て　藤『コレコレ皆の衆、あれがわしの話した豪傑の旦那《だんな》様じゃ。ああして生きていらっしゃるからには、きっと妖怪を退治《たいじ》て下さったのであろう。こわごわながら一同やって参りますると　重『コリャ糸、これへ出て親父に挨拶せよ。お糸は白無垢のまま社内から出まして　糸『お父《とっ》つぁん。　藤『オ、糸。ようまあ汝《そち》や無事で。父娘は手をとりかわし、その喜びは如何《いか》ばかり。

ここで一同が死骸《しがい》を改めますと、おどろきましたことに、それは狒々ではございません。村で馬鹿扱いされておりました小作人の平六なる愚鈍の者が、白い毛皮を被《かぶ》りまして狒々になりすましていたのでございます。村人たちはあきれまして　村『ウームさてはこやつ、愚鈍で嫁に来る娘のいないことをば恨み神の名を騙《かた》って、今までに次つぎと村一番の美少女を犯し殺《あや》めておったのか。こりゃあ全く太い奴だ。

のちに村人たちが山を探しますと、平六が根拠地にしておりました洞窟がありまして、ここから今までに殺された娘の白骨がザクザク出て参りました。一年前のお供えの娘などは、まだ殺されたばかり。思うにこの平六、ここを妾宅《しょうたく》にしておりまして、一年間その娘を可愛がり、飽きた頃に殺し次の娘を慰みものにしておったと見えます。まったく悪いやつもあったものでございます。

こちらは岩見重太郎、お糸その他と同道して吉田村の名主藤左衛門方へやって参りました。何しろ娘の命の恩人というのですから、下へも置かぬもてなしでございます。その上どうやら娘のお糸、好男子の重太郎にぞっこん参ってしまった様子。藤左衛門もこの様子に気がつきまして、ああこのような立派な方に貰《もら》われたなら娘もさぞかし幸せであろう、どうせ一度は死んだものとあきらめた娘、養子する望みくらいは捨ててもいい、なんとか娘を嫁に貰っては下さるまいかと思いましたものの、何分にも相手はお武家様、言い出し兼ねてやきもきしております。

重太郎、少女の恋愛感情なんてデリケートなものわからぬ仁ですからそんなこととはついぞ思わず、お糸のそぶり藤左衛門の様子をたまに怪訝《おかし》く思うことはありましても、さほど気には致しません。もう一日もう一日と引きとめられ逗留《とうりゅう》しておりますうち、早一ヵ月が経《た》ってしまいました。こうなってきますと重太郎、何しろ仇討という大望のある身でございますから、とてもじっとしてはいられません。しかし出立《しゅったつ》すると申しましても藤左衛門やお糸が泣かんばかりに引きとめますから、これをば無理に振りきって立つわけにも参らず、ここにおいてさすがの重太郎も、先日来のお糸の眼つきを思い出し、ははあと思いあたりました。重『ム、、ウこれはいかん。あのお糸めどうやら拙者に惚《ほ》れたらしい。そこで家ぐるみ拙者を引きとめ、どうでも婿《むこ》にしようとの算段であろう。はてどうしたものか。

考えに考えました末、重『これはおそらく拙者が、あまりに好男子過ぎたからであろう。では醜男《ぶおとこ》となりお糸に嫌われれば引きとめられることもあるまい。そう思いつきまして重太郎、さっそく裏の竹藪《たけやぶ》に入りますと己れの鼻頭をば太い縫針でもってブツーリ、ブツリと突き刺しはじめました。数日の間毎日これを続けますと鼻が膿《うみ》をもちまして天狗《てんぐ》様のように赤く腫《は》れあがります。この鼻を見ましてお糸が驚きました。糸『アレ重太郎様。そのお鼻はいかが遊ばしました。重『ナーニ拙者もともと斯《か》様《よう》に不細工な顔なので御座《ござ》る。

お糸は不審に思いまして、ある日竹藪へ入って行く重太郎の後を尾《つ》け、そっと様子を伺っておりますと、彼《か》の重太郎は懐中より手鏡と縫針を取り出しまして、やおら己れの鼻頭にブツーリ、ブツリ。

ここに至ってお糸ははたと重太郎の真意を悟り　糸『アア無理にお引きとめしたわたしたちが悪かった。わたしに嫌われようとあの様になされているに違いない。さぞかし大望を抱かれるお方なのであろう。そう思いまして父藤左衛門にもこのことを話し、もはや重太郎が出立いたしたいと申しましても未練がましく引きとめはいたしません。

かくて重太郎は村人たちに見送られこの吉田村を出立いたしました。

これより諸国を遍歴しながら敵《かたき》を探し求め、ついに天《あま》の橋立《はしだて》に於《お》いて首尾よく父兄及び妹の仇を報じ、その身の本懐を遂ぐるという、天下の豪傑岩見重太郎武勇伝の中より今回はご存じ狒々退治の一席、これにて失礼仕《つかまつ》ります。

児雷也

エエご所望によりまして、今回講演に及びまするは児雷也《じらいや》でございます。前回岩見重太郎といい今回児雷也と申し、まことにお古いお話でございまして荒唐無稽、ずいぶん奇妙な趣向でありますが、これは筒井斎《わたくし》が珍奇なお話で読者を瞞着《まんちゃく》するのではございません。昔からの語り伝えがそうなっておりますので、大昔の出来ごとでありますから、掛値《かけね》があります。この掛値のところが面白うございますので、お古いお話をご存じないかたに、ここのところを慰んでいただきたいと存じる次第でございます。

この児雷也には、いろいろなお話がありまして、名も、神田伯治師の本によれば「自来也」、神田伯龍師によれば「児雷也」、二通りございます。また時代にしましても、片方は徳川家康の頃、他方は足利《あしかが》四代将軍義持公の時代と、だいぶちがいます。

どちらにいたしましても、この児雷也、大泥棒でございますから風態《ふうてい》では同じでございまして、だいたい昔の大泥棒は石川五右衛門にしましても、この児雷也にしましても、また熊坂長範などという者にしましても、頭は百日鬘《ひやくにちかずら》というのでレオンカ・トーペの親分みたいなものをかぶり、ビロードに縫いをして裾《すそ》の方はふさの垂れという衣類を着用に及び、帯は丸絎《まるぐけ》の帯、五枚重ねのわらじをはいております。当今なればたちまち巡査公につかまります。

さて、この児雷也というのはどういう仁かと申しまするに、これは本名を尾形周馬《しゆめ》広行と申し、長曽我部畑《はた》の森親《もりちか》、又の名勇夢斎《ゆうむさい》と申されますかたの落し胤《だね》にございます。この人、京都所司代《しよしだい》板倉をはじめ郎党どもに軍学指南をしておりましたが、関東と大坂の戦いがはじまりまして、徳川には恩なく、豊臣殿下に恩がありますから、いそいで大坂城へ入城いたしました。

時に戦況、大坂方に利あらずして、茶臼山《ちやうすやま》に陣取りました家康方が、一万の雑兵《ぞうひよう》でもって雑『アー……と玉造り口へ攻め寄せますと、城内からも雑兵どもが雑『アー……と討って出ます。なにぶん多勢に無勢、これがために大坂が落城に及ぶ、真田幸村はじめ大坂名だたる勇士バタバタ討死にとげる中に、長曽我部畑の森親勇夢斎、徳川方に召取《めしと》られまして四条の河原に梟木《きようぼく》にかかる、この時子供の児雷也は十三歳、乳母の手につれられ、大坂城中から抜け穴をくぐり、道頓堀の二ツ井戸を出まして脱出いたしました。

演者《わたくし》先年、この大坂城の抜け穴をさぐらんものと思い立ちまして、同業の小松斎左京師と同道、この二ツ井戸はじめ上本町辺の尼寺中にございます井戸などを見て廻《まわ》りましたが、尼さんの色香に迷いまして果たせず戻りましたはまことに無念でございます。

余談はさておき、児雷也はそののち信州更科《さらしな》郡松本村のお大尽、福沢という人の家に厄介になっております。このころ児雷也は、まだ太郎という名でございましたが、なぜ児雷也という名にいたしましたか、その由縁《いわれ》、お話し申し上げます。

ある夜、この福沢家の庭へ雷さんが落ちました。打ち臥《ふ》しておりました十三歳の太郎、この物音におどろきましてガラリ雨戸をあけ　太『オヤオヤ、たいへん臭い匂い。さては雷さんが落ちたかと、庭へ出ますと、雷獣がおります。この雷獣というものは、必ず雷さんといっしょに落ちるのだそうで、また雷獣と雷さんとは別ものであるということ、これは皆様もよくご承知のことでございます。その雷獣が庭へ落ちまして、電気《えれき》に随《つ》いて天へ昇《のぼ》ろうとしましたところが、どうまちがえましたか昇《あが》りそこないまして、あっちこっちバタバタとかけまわっている。これを見つけました太郎は　太『おのれっと、大手をひろげますと、かの雷獣、とびついてまいります。その体をかわして両耳をぐいとつかみ、とうとう大地へねじ伏せ、とって押さえました。たいがいの小僧はなかなかこんなことはできません。

これは評判となりまして、子供ながらも雷獣を生け捕ったというので雷太郎とあだ名がつき、これをのちに児雷也と改めたのでございます。

しばらくはこの福沢家におりました児雷也、誰が言うたか『軍取り功名は武士のならい』という文句を、自分勝手に児『斬り取り強盗は武士のならいだなどとまちがえまして、日本一の大盗賊にならんと志し、この家を出立いたしました。

ご承知の通り、児雷也は蝦蟇《がま》の妖術を使う盗賊でございますが、この妖術を児雷也に教えたのが誰であるかも数説ございまして、森宗依軒という説、仙素道人という説、加藤清正の家来柴山要左衛門という説、たくさんあります。

本拠といたしましたのは信州黒姫山、この山の岩窟《いわや》を棲家《すみか》とし、大勢の子分を集めておりますが、児雷也が同じ泥棒でも、鼠小僧《ねずみこぞう》や稲葉《いなば》小僧と異りますところは、我が生家たる長曽我部の家を再興せんとして、多くの軍用金、多くの味方を集めたという、その志《こころざ》しの大きさにあるわけでございます。

さて、お話し変りまして、その頃越後の新潟に牧村八右衛門という代官がおりました。この代官は、何度も児雷也を捕り逃がしたりいたしまして、常日頃から児雷也をなんとか捕えてやろうと、虎視眈々《こしたんたん》といたしております。ここへ、商用でやってまいりましたのが、昔児雷也が厄介になったことのある福沢家の主人、善右衛門でございます。

その頃、新潟の繁昌《はんじょう》はなかなか鴻大《こうだい》なものでございまして、遊女町なども大いに盛んでございます。善右衛門は大尽ですから、ここで豪遊をいたします。この豪遊ぶりを聞きつけて、あやしんだのが代官の牧村八右衛門、さっそく理由をつけて善右衛門を呼び出し、いろいろ取調べますと、なんと昔児雷也の主人であったということですから、さては仲間とばかり召し捕ってしまいました。

おどろいたのは善右衛門、身におぼえのないことですから、いろいろ申し開きをいたしますが、八右衛門の方では児雷也の棲家を知りたい一心、これを牢《ろう》につなぎ、三日にあげず呼び出して調べ、しまいには拷問牢問《ごうもんろうどい》にかけるという騒ぎでございます。

だいたいこの代官牧村八右衛門というやつは、あまり心得のいいやつではありません。根が強欲非道、己れは代官でありながら人民に不当な賄賂《わいろ》を吹きかけ、金を貯《た》めることを楽しんでいるという、まるで当節のお役人みたいなものであります。

ここに、この新潟の本町に、『人相家　周易之考《しゆうえきのかんがえ》・尾形春子』という看板をあげる人相見がおりました。春子さんというからには女性でございますが、これがなかなかよく当るというので、新潟では大評判でございます。

善右衛門がなかなか白状しませんので、考えあぐねておりました代官の牧村八右衛門、この人相見のことを聞きまして、さっそく呼びよせ、一応易を占ってもらおうと思い立ちました。中間《ちゅうげん》が使いに出まして、このことを春子さんに伝えます。春『お代官様のご用とあれば、さっそく参りましょうと、身支度をいたします。白の羽二重を着まして腰には緋《ひ》の袴《はかま》、ちょうど宮家の官女の装束でございますが、これへ立派な羽織《はおり》を引っかけ、代官の屋敷へやって参りました。

設けの席に控えております春子さんの前へ、奥より出て参りました牧村八右衛門、春子さんの顔を見て、ポワーッとなってしまいました。八『オヤオヤ。これが八卦《はっけ》の先生か。いやまあ世の中には、美しい女もいるものだナー。

だらり目尻をさげ、見とれておりますが、これは無理もありません。年はようやく十九歳か二十歳、縹緻《きりよう》はこの上もない絶世の美人、色が白く、目もとがパーッとピンクでございます。若いから肌が美しい上、派手やかな官女の姿ですから、八右衛門もうわれを忘れて惚《ほ》れこんでしまい、もはや挨拶も易もあったものではない。

八『サアサア、マアともかくも、わたしの居間へ通ってくださいと、いやしい魂胆でもって、己れの居間へ引き入れんとするやつを、春子さんはじっと眺めておりましたが、そのうちツ、と立ちあがって、床の間へ進みますと、床には絹表具をした楊柳《ようりゅう》観世音《かんぜおん》の掛軸《かけじく》がかかってございます。この観世音に向かって春子さんがペラペラ喋《しゃべ》りはじめました。

春『マー貴女はここにおいでてございましたか。お久しぶりでございます。挨拶しております。

牧村八右衛門はじめ、居並ぶ家来や女中に至るまで『オヤッ。この女、気でもくるっているのかなとおどろいて見ておりますうち、春子さんはひとり合点いたしまして、春『アア左様でございましたか。よろしゅうございますとヒョコスカ頭を下げまして八右衛門の方をふり返り 春『コリャ八右衛門、これへきてお礼を申せ。観音様がお前に財宝《たから》をつかわすとおおせじゃ。さあ、そこへきて手をお出し。

八右衛門おどろき 八『エエーッ、観音様が私にお宝を。ソリャマタほんとでございますかと半信半疑で床の間へ進み、こわごわ手をさし出しますと、アーラ不思議、掛軸の中の観音様が、手に持った壺《つぼ》をうつ向けまして、八右衛門の掌《てのひら》の中へサラサラとふり出しましたは、山吹色《やまぶきいろ》の小判がおよそ三百両、これはたいへんな数でございます。根が強欲の八右衛門、夢中になって両手で受けますが、なかなか全部は受けきれません。バラバラ下へこぼれるやつを、足を使って股ぐらへかき集める、こぼれた小判を女中が傍から拾わんとしますと、これを蹴《け》とばす、そのはずみにころんで、また小判をまいてしまうという、まるで金撒きでもはじまったような塩梅式《あんばいしき》。金をもらいましたので八右衛門、もう顔の相好を崩しまして、春子をあがめること神の如《ごと》く、三拝九拝いたしております。八『どうもありがとうございました。コリャコリャ皆の者、春子様にご馳走《ちそう》をせんか、というわけで、酒肴が出ます。家中が宴会になってしまいました。

酒に酔いますと八右衛門、ますます春子が美しく見えてならぬ、マ、なんとかこの女を女房にしたいものだ、そうすれば金の方も望み次第だと、色と欲の両天秤《てんびん》、酔いにまかせて、家の者の目もかまわず春子にすり寄って参ります。

春子はニコニコ笑いながら　春『こののちも、あの楊柳観音様をご信仰なさいませ。また、お財宝《たから》を得んとあらば、即ちお前様の財産を床の間に飾り、これだけおふやし下されと仰《お》っしゃれば、たちどころに倍にしてくださいますよ。ホホホホホ。八『エエエーッ、なんとまだこの上、お金を下さるのですか。ではでは、貴女様のおっしゃる通り、さっそくあの床の間へ飾りましょう。

いたって強欲なやつですから、多年の間に貯めた金を、土蔵を開きましてドンドン運ばせ、千両箱で十八ヶ、二万両近い金を床の間につみあげました。八『どうぞ南《な》無《む》楊柳観音、これだけの金をおふやし下さい。強欲なやつもあればあるものですネ。

春子は牧村に向かい　春『今夜中に、このお金は倍にふえます。ゆめゆめわたしのいうことを疑ってはなりません。八『エーモウ疑ったりするものですかというわけで、さらに酒宴は続きます。

そのうち、ますます酔って参りました八右衛門、とても眠くなりまして、モー起きてはいられません。女中に命じて床の間の前に、ふとんを敷かせます。やはり、少し酔ってきた様子《ようす》の春子をば、このふとんにひきずりこみまして、今この女の肌を汚してしまえば、女房にできるだろうというあきれたやつもあったもので、家中の者の目もかまわず、ふとんの中で春子にいい寄ります。

座敷におりますす家来や女中は、旦那様が春子をふとんに入れましたので、あきれて見ておりますうち、次第にからだがしびれ、とうとう不動金縛りの術にあったように、動けなくなってしまいました。フト見ますと八右衛門、なんと、ふとんの中で巨大な一匹の蝦蟇《がま》と交っておりますので驚き『アア旦那《だんな》様。それは蝦蟇と叫ぼうとしますが、いずれも声が出ません。八右衛門の方は、これはもう美しい春子と通じ合っているつもりでございます。読者諸兄もうすでにおわかりかと存じますが、むろんこの尾形春子、じつは児雷也でございまして、昔の主人善右衛門を助け出すついでに、この八右衛門を威《おど》しつけようという算段、乗りこんで参っているわけでございますが、いうまでもなく己が身を蝦蟇にスリ変え、八右衛門の情を蝦蟇に通じさせております。八右衛門、春子とばかり思いこんで蝦蟇を抱き、ついに果てましたる途端、燈明《とうみよう》が全部パッと消え、家鳴り震動ガラガラッとものすごく、蝦蟇の上に立ちましたる児雷也の姿、握り寿司屋の親爺《おやじ》の如く、右の手で左手の指二本を握り、何ごとか呪文をとなえますと、たちまちかき消すように見えなくなりました。

そのうちに、燈明がまたパッと点《つ》きました。主人の八右衛門が、ふとんの中で目をまわしておりますから家来がこれを揺り起し、今までのことを教えまして　家『時に旦那様、蝦蟇と寝たお味は、いかがでございましたか。八『ウームまるで蟇口《がまぐち》のようであったぞ。どこまでも金に執着のある奴でございます。

さて一同、正面の床の間を眺めますと此《こ》はいかに、十八ヶの千両箱はひとつもなく、絹表具の観音様の掛軸はどこかへとんでいってしまって、かわりにかかっているのは粗末な紙表具の掛軸、まん中に『児雷也』と大書してありますから『ワー……とおどろいた、これはいうまでもなく、児雷也が妖術でもって新潟の代官牧村八右衛門をこらし、昔の主人を助け出すという、おなじみの一段を演者がアレンジしたものでございます。

さてこののち児雷也は、佐渡国真野山《さどのくにまのやま》の住人、大蛇の妖術を使う大蛇丸《おろちまる》と戦いますが、なにぶん児雷也の妖術は蝦蟇や蛙《かえる》を使いますので、大蛇《おろち》又は小蛇たりとも、その妖術を使い生き血を吸う者を敵にすれば、たちまち敗れてしまう。そこで、この児雷也を助け、大蛇丸と戦いまするのが、蛞蝓《なめくじ》の妖術を使いまする綱手《つなで》姫《ひめ》、この綱手姫はのちに児雷也の妻と相成ります。蝦蟇、大蛇、蛞蝓、この三《み》つ巴《どもえ》の妖術争い、はていかがなりますか。又の機会のご愛読ひとえに願いおきます。

最後のCM

「やすだ！」

そう叫んで監督は、メガホンをふりあげ、可哀想な助監督の頭を力まかせにぶん殴った。

「また小道具がない。長火鉢はどうした。長火鉢は！」

「はい。はい。ただ今、すぐに」

「やすだ！」また、ぶん殴った。「エキストラはどうした。通行人がいないじゃないか。この！」ぶん殴った。

「はい。はい。すぐにつれてきます」

「やすだーっ！」ぶん殴った。

「はい。はい。はい。はい。はい」

「気合いが入っとらん。やすだーっ！」

「はいーっ！」

「お前はどうしてそんなに、のろいのか。おれたちはな、映画を作っとるんだぞ。映画を！」

「はい。はい。はい。それはあの、よくわかっています」

「やすだーっ」ぶん殴った。

「はいーっ」

「わかっていながら、どうしてヘマばかりする。映画はな、今、斜陽産業なのだ。おれたちがしっかりやらなきゃ、この会社はぶっ潰れるんだ。わかっとるのか。やすだーっ！」

監督はまた、メガホンをふりあげ、助監督をぶん殴った。しかし、今度は助監督は、詫《わ》びようとしなかった。逆に監督を、鋭い眼で睨《にら》み返し、からだを硬くし、ぶるぶると頬の肉をふるわせはじめた。

「ど、どうした。な、なんだなんだ。その眼は」

監督は少したじたじとして、助監督からやや身を遠ざけた。

やがて彼はにやにや笑いながら助監督に近づき、その肩を叩《たた》きながらなだめはじめた。

「ま、気にするな。気にするな。わかったわかったよ。おれが言い過ぎた。な、お互いに、会社の景気が悪いんでイライラしてるんだ。ま、そんなに怒るな」

「調子にのるな。このーっ」助監督はカチンコをふりあげ、力まかせに監督をぶん殴った。

「ぎゃっ」監督は頭を押さえ、悲鳴をあげた。

そこへ撮影助手が駈《か》けつけてきて、大声で皆に報告した。

「大変だ。たいへんだ。会社が潰れた。このスタジオは売りに出されたそうだよ」

「とうとう駄目だったか」

監督と助監督は、抱きあってさめざめと泣いた。

「トホホホホ。明日はエロダクションに身売りか。ああ、なさけない」

テレビ・カメラが、ズーム・ダウンしはじめた。

テレビの画面に顔を近づけて、じっとこのドラマに見入っていた若い女が、顔をこちらに向け、にっこり笑った。

「ほほほほほ。失業というのは、いつやってくるかわかりませんね。○○失業保険は、こういう時、皆さまのお役に立ちます。皆さま。どうか今すぐ、○○の失業保険にお入りくださ……」

その瞬間、コマーシャル嬢の頭上に、スタジオの天井から吊《つ》られていた重いスポットライトがまともに落下してきた。

「ぎゃっ」

コマーシャル嬢はフロアーに倒れ伏した。

またも、テレビ・カメラがズーム・ダウンした。

テレビの画面に眼を釘《くぎ》づけし、この惨事を眺めていた、四畳半の茶の間で夕食中の家族たちが、おそろしそうに顔を見あわせた。

「あんな危険な出来ごとに、いつぶつかるか、わかったものじゃないわね」と妻がいった。

「あのお姐《ねえ》ちゃん、大怪我《おおけが》しちゃったねっ」と、飯を口いっぱいにほおばって、小学生の息子がいった。

「現代は危険に満ちている」と、夫が演説口調で喋《しゃべ》りはじめた。

「しかし、わが家は○○の傷害保険に入っている。だから安心だ」

家族はにっこり笑ってこっちを向き、顔を寄せあって保険証書をさし出した。

「あなたのご家族も、○○の傷害保険にお入りくださ……」

その時、家族の背後の障子《しょうじ》に火がつき、だしぬけにぱっと燃えあがった。

「あなた！　あちちちちち」

「わっ！　火事よ！」

家中に火がまわって、大騒ぎしている画面に見入っていた若い男が、にこにこ笑いながらこちらを向いた。

「まったく火事というのは、いつどんな時におきるかわかりません。こういう時、〇〇の火災保険にお入りになっていらっしゃいますと、夜も安心して、ぐっすり眠ることができるでしょう。皆さま、どうか今すぐ、あなたも〇〇の火災保険にお入りくださ……」

その時、スタジオに旅客機が墜落した。

喋っていた男は、あっというまもなく轟音《ごうおん》と立ちこめる黒煙の渦にのまれた。

テレビ・カメラがズーム・ダウンした。

画面の中の大爆発を、息をのんで見ていた若い女が、こちらをふり返ってにっこり笑った。

「ほんとに、いつ、どんなことがおきるやら、まったく、わかったものではありませんね。平和な時代にこそ、生命の危険には特に注意しなければなりません。その心がけは、平和な現代にこそ必要なのです」

喋り続けるＣＭ嬢にダブって、画面の下方には白い文字の臨時ニュースが流れはじめた。

『臨時ニュース……本日午後三時半、在日米軍の誤射した核弾頭ミサイルにより、第三次世界大戦が……』

ＣＭ嬢は、にこやかに喋り続けた。

「皆さま。どうか今すぐ、あなたも○○の生命保険にお入りくださ……」

その時、ＣＭ嬢のからだが白い光となり、一瞬後には蒸発した。

その画面を説明する者は、もう誰もいなかった。

差別

尾骶骨《びていこつ》のあたりがむずむずしはじめた朝、おれは絶望的に叫んだ。「ついにきたか。これでおれの一生は、もうめちゃくちゃだ」

そしてそれから二日め、尻尾《しっぽ》が生えはじめたのである。

そのころ、尻尾が生えはじめたという人間が世界中で続出していた。おれに尻尾が生えた時にはすでに、世界人口の一パーセント足らずの人間が、だしぬけに生えた尻尾をもてあまし、他人の眼から隠そうとけんめいになっていたのである。

尻尾は、老若男女の区別なく生えはじめ、尻尾の生えた人間は皆から軽蔑《けいべつ》され、笑われた。どんなに隠しても、たいていは誰かに発見されてしまうのである。

やがて、大っぴらな差別がはじまった。尻尾の生えた人間は、すべて知能指数が高いなどという噂《うわさ》が広まったため、その反撥《はんぱつ》で差別がはじまったのだろう。有尾人と呼ばれ、先祖返りと呼ばれ、けだものと呼ばれて、尻尾のある者は職場から、学校から、締め出されることになった。

おれの尻尾も、ある日ついに発見され、会社をクビになり、婚約者からも振られた。

「イヤよ。尻尾のある人なんて。いまわしい。不潔だわ。猥褻《わいせつ》だわ」アケミはそんな理屈にもならぬことをわめき、おれから去って行ってしまった。

尻尾は、ますます多くの人間の尻を犯し、誰かれの見さかいなく生えた。それは約一メートルに及ぶ、毛のない醜《みにく》い尻尾だった。

有尾人が増加すると、その勢力は無尾人にとって、馬鹿にならないものになりはじめた。差別されたため、有尾人が団結しはじめたからである。無尾人はますます激しく有尾人たちを迫害しはじめた。しかしその無尾人の中からも、尻尾の生える人間は続出した。

ついに有尾人は、全世界人口の半数を突破した。尻尾を持つことを恥じる人間は次第に減り、町には、有尾人用の洋服までが売られはじめた。尻の部分に「尾袋」のついたズボンが、とぶように売れた。

尻尾があることを隠そうとする人間はいなくなった。大っぴらに、尾袋のついたズボンをはいて町を歩く者がふえた。

「こら。踏むなよ」

バスの中などで、そういって無尾人を睨《にら》みつけたりする者もいた。もはや、差別されているのは、尻尾のない人間たちだった。

おれの婚約者のアケミには、まだ尻尾は生えないようだった。おれのところに戻ってくればいいのに、と、おれは思った。もはや、尻尾など珍しくないのだから。

しかし、あんなことを言って去って行った手前、今さら戻ってはこれないという彼女の気持も、わからないではなかった。

尻尾のない人間の数は、ますます少なくなった。そういう連中は尾袋の中に擬似尻尾を入れていた。リモコンで動く機械仕掛けの尻尾である。

キリストの像にも、自由の女神像にも、尻尾がとりつけられた。ほどなく全世界の人間に、尻尾が生える筈《はず》であった。

ある朝、アケミが息を切らせておれのところへ戻ってきた。

「あなた。わたしにも、尻尾が生えたのよ。生えてきたのよ」

おれたちは、ひしと抱きあった。尻尾と尻尾をからませて。

社長秘書忍法帖

重役用の会議室から、秘書課長が出てきてドアを大きく開いた。

会議が終ったらしい。

続いて廊下へ専務が出てきた。次に常務が総務部長と何ごとか話しながら出てきた。

ビルの四階にある営業部室内のおれのデスクから、なぜ五階の廊下が見えるかというと、廊下の隅ずみに仕掛けてある反射鏡が、このビル内のいたるところの出来ごとを、おれの机の上の受話器、よく磨かれたそのプラスチック面に送ってくるからである。この黒い受話器の表面には、プリズムの如《ごと》く、社内要所四十二ヵ所の模様が常に映し出されている。受話器の位置がほんの一ミリずれただけで、何も見えなくなってしまうぐらいだから、こいつの調整をするには、たいへんな手間がかかるのである。

会議室からは最後に社長が、技術部長と話しながら出てきた。社長には、いつものように美人秘書の藤令子が影の如く従っている。影のように従うことのできる美人秘書など、最近では滅多にいないから、おれは彼女を、絶対にただものではないと睨《にら》んでいる。

藤令子は、円筒状に巻いた青写真を数本かかえていた。会議が始まる前に、この青写真を会議室へ持って入ったのは技術部長である。したがって、その青写真こそ、わが社の技術部が開発した新製品、カセット・ビデオ・レコーダーや、キネスコープ・レコーダーを組み込んだ最新型カラー・テレビの設計図面のコピーにちがいなかった。すでに図面は完成し、今や会議の内容は試作品、原価計算、そして販売計画という段階にまで進んでいるのだろう。

藤令子を従えた社長が、廊下のつきあたりの社長室に消えた。

ぴったりと身についた濃紺の制服を着ているため、小柄なからだがさらに小柄に見える令子の均整のとれた姿、そして特に、彼女のやや小さく、くりくりとひきしまったヒップがドアの彼方《かなた》に消えるのを、受話器の黒いプラスチックの上に眺め、おれは社長に軽い嫉妬《しっと》を感じた。

この会社は商売柄、産業スパイに対する防備が綿密細心を極めていて、社長室の内部はおれがどんなに苦心しても覗《のぞ》くことができない。

覗くことのできない部屋は他にもある。重役会議室、貴賓用応接室などである。これらの部屋は、覗けないだけでなく、盗聴器を仕掛けることさえ不可能だ。しかし何といっても、技術部の研究室ほど厳重な部屋は他にない。この部屋は早くいえば全体が二重の金庫の中にあるようなもので、他の部屋なら深夜にでも忍び込めるが、ここにだけは絶対に入れない。

新製品「キネカセット19」の設計はこの部屋の中で進められていたため、さすがのおれも今まで、手も足も出なかったのである。そして、それほどまでに新製品の設計図をほしがり、社内のあちこちにあわただしく眼をくばり続けているこのおれは、言わずと知れた産業スパイ、産業情報研究所の第一期卒業生で、仲間うちでは見本市団五郎と称されている、敏腕の独立諜報家《ちょうほうか》である。

今、あの設計図のコピーが、社長室にあるのだと思うと、おれの胸は躍った。図面を、おれのネクタイ・ピン兼用超小型カメラに納めるのは、今がチャンスである。今夜になれば、またどこかへ、厳重に収められてしまうかもしれないのだ。

はやる心を押さえながら、手洗いへ立つふりをして、さり気なく営業部室から廊下へ出た時、労組委員長の坂本がおれを呼びとめていった。

「衣笠君。いよいよ、やるからね」

「指名ストかい」

「そうだ。技術部の連中を指名する」

「痛いだろうなあ。だって、例の」

キネカセット、と言いかけ、おれはあわてて口をつぐんだ。まだ新製品の名前は、重役以外の誰も知らないのである。

おれは、にやりと笑った。「例のやつ、そろそろ研究室で試作品を作る段階にきてるんだものな」

「もちろん、それを狙っているんだ。それだけじゃないよ。今度はベース・アップ以外に社長退陣要求を出す」

「ますます激しくなってきたな。まあ、がんばってくれ」

「ああ。君の応援も、期待してるよ」彼は油断のない眼で、じろりとおれを睨み、技術部室へ入っていった。

坂本という男、ただものではないな、と、おれは思った。今、指名ストをやり、社長退陣要求などを出したら、販売計画はめちゃくちゃになるだろう。あいつ、会社をつぶす気だろうか、だが、何の為《ため》に——おれは首をひねった。

エレベーター・ロビーへきてボタンを押すと、一階で停止していたやつが昇ってきた。だが、四階には停《と》らず、そのまま五階へ行ってしまった。重要な来客があった場合は、こういうことがよくある。

誰か来たな、おれはそう思い、すぐさま横の階段を、足音を消して駈《か》けあがった。

秘書課長に案内され、エレベーターから五階の廊下へ出たのは、エンパイア・エレクトリック日本支社の男で、シルバーバーグというアメリカ人だった。彼は社長室の隣の貴賓用応接室へ入っていった。重大な用件でやってきたらしいことは確実だし、それが「キネカセット」に関することだということも、ほぼ、たしかである。

E・E社と、わがペニー社とは比較的仲が良く、数年前から技術援助、小規模のプラント輸出、加工輸入などをやっている。

以前から企業防衛闘争を熱心に実行している坂本が、このことを知ったらまた憤慨するだろうと思い、おれは手近の電話で技術部室を呼び出した。

「はい。技術部です」

「そこに、坂本君が行ってる筈《はず》ですが」

坂本が出た。「はい。坂本です」

「ぼくだ。Kだよ」社内電話だから、交換台で盗聴されているおそれがある。おれは声を押し殺して喋《しゃべ》った。「今、E・Eのシルバーバーグが来て、社長と会ってるぜ」

「ほんとか。今度は何だろう」

「さあね。今度の場合は、ものが新製品だから、おそらく日本で作れない部分品があって、だからそれをE・Eから輸入して、かわりに完成品を再輸出するんじゃないか」

「加工輸入だな。ありがとう。よく教えてくれた」彼は、ひどくあわてて電話を切った。

貴賓用応接室には盗聴器を仕掛けることができないから、話の内容を盗み聞こうとすれば、直接室内へもぐり込むしか方法がない。そこでおれは、まず隣りの社長室にしのび寄った。この社長室の内部からは、一度廊下に出なくても、ドア一枚で直接貴賓用応接室へ行けるようになっているから、社長室が現在からっぽになっていることは充分予想できる。

そっとドアを開いた。

予想通り、社長室はからっぽで、秘書の藤令子もいない。あたりを捜しまわったが、例の青写真も見つからなかった。きっと隣室へ持って入ったのだろう。

おれは隣室との境のドアに近づき、把手《とって》をゆっくりとまわし、隙間を作って室内を覗きこんだ。応接室では、社長とシルバーバーグが向きあって話し、社長の横で藤令子が会話の要点をメモしている。中央の机の上にはさっきの青写真が拡《ひろ》げられていた。

話の内容をもっとよく聞こうとし、ポケットから万年筆型盗聴器を出した時、だしぬけに廊下からのドアが開き、労組委員長の坂本が血相を変えて応接室へ走りこんできた。

「その交渉を粉砕する」

「君っ。な、何ごとだっ」社長が赤ら顔をさらに赤くして、坂本を怒鳴りつけた。

「来客中だぞ。失礼ではないか」

だが坂本は、眼を吊《つ》りあげたまま社長の鼻さきへ指を向け、大きく叫んだ。「労組忍法・社長まわし」

社長の肥満体は、ソファからぴょんと宙に躍りあがり、みごとに三回転して、床に落ちた。

「ぐっ」

社長は禿頭を強打し、そのまま絨毯《じゅうたん》の上へながくのびてしまった。

坂本は机の上の青写真をひっつかんだ。

「アナタ、ナニシマスカ。ワタシ怒リマシタヨ。アナタ捕エテアゲマス」シルバーバーグが立ちあがり、フランケンシュタインそこのけの巨体で坂本につかみかかってきた。

坂本は彼に指をつきつけて、また叫んだ。

「労組忍法・米帝縛り」

「ぎゃっ」

シルバーバーグは身を凝固させて眼球をうわずらせ、不動金縛りの術にかかったかの如く、口から泡を吹きながら俯伏《うつぶ》せに倒れた。

おれは、この様子を覗き見ながらも、さほど驚かなかった。労組忍法などと勿体《もったい》をつけているが、実際は簡単な合気道にすぎないのだ。

応接室では、藤令子がゆっくり立ちあがって坂本に話しかけていた。

「やっぱりあなたは、よその会社からのまわし者だったのね。この会社の労組の委員長になり、過激な闘争でペニー社をぶっ潰《つぶ》す気だったのね」

「よその会社から派遣されたのではない」坂本は大いに自尊心を傷つけられた様子で答えた。「外国資本と結びつく大企業を片っぱしから潰すために命を賭ける、孤高の一匹狼なのだ」

令子はうなずいた。「じゃあ、インターナショナル健ってのは、あなただったの」

「なにおっ」坂本は身構えた。「おれの名を知ってるとすると、お前は同類だな。いかにもおれは産業情報研究所の第二期卒業生、人呼んでインターナショナル健だが、お前はいったい何者だ」

「やっぱりそうだったのね。じゃ、わたしの先輩じゃないの」令子は可愛《かわい》い微笑を浮かべて首を傾《かし》げ、手をさし出した。「ねえ。先輩のよしみで、わたしの顔、立ててくださらない。その青写真、返して頂戴な」

「なんだと。お前がおれの後輩だと」健はしばらく令子をじろじろ眺めまわしてから、ゆっくりとかぶりを振った。「だめだ。これは渡せない」

「うん。意地悪」令子は少し拗《す》ねて見せた。

「馬鹿ねえ。そんなもの持って行ったって、この会社、ちっとも困らないのよ。それはコピーで、原図は別にとってあるんだから」

「いや。こいつをたくさんコピーして、他の家庭電気製品のメーカー全部に配布する」

　令子の顔が、少し蒼《あお》ざめた。「そんなことされちゃ、困るわ」

「そうだろうな」健はにやりと笑い、そのまま廊下へ出て行こうとした。

「逃がさないわ」令子は透き通るような声で高く叫んだ。「社長秘書忍法・ホットマネー」

たちまち部屋の四隅の天井から、世界各国の貨幣が健めがけて降りそそぎ、さらにそれは投機市場を求めて室内をとびまわった。

「あちちちちち」健は悲鳴をあげながら廊下へとんで出た。

「お待ちなさい」令子は健を追った。

健が、あの青写真をさらに複写してバラ撒いたりしようものなら、この会社へ入社して以来二年間のおれの苦労は水の泡である。おれもあわてて二人のあとを追い、社長室から廊下へとび出した。

逃げ続けながら、健はふり向いて叫んだ。

「労組忍法・メーデー」

たちまち周囲は、赤旗とプラカードに満ちて、おれの視界は完全に遮断されてしまい、労働歌の洪水が耳を聾《ろう》した。電産、炭労、私鉄などと白く抜かれた赤旗を、かきわけ、まくりあげ、ひっぺがし、踏みにじりながら前進したが、次つぎとあらわれる赤旗は数限りなく、ついに自分のいる場所さえわからなくなってしまった。催眠術だということは知っているものの、術の破りかたを知らないのではどうしようもない。

なかなかやるな、とおれは思った。さすが、おれの後輩だけのことはある。しかし今は感心している時ではない。いかに母校が同じとはいえ、現在は敵味方なのである。

赤旗が嘘《うそ》のように消え去った時、おれはエレベーター・ロビーにいた。健の姿は、すでに見えなくなっている。

「あら。衣笠さん」おれの姿を見て令子が駈け寄ってきた。「たいへんなんです。健が……ううん、労組委員長の坂本さんが、社の機密書類を持ち逃げしちゃったんです。こっちへ来たでしょう」

「えっ。それは大変だ」おれは初めて知ったふりをし、おどろいて見せた。「で、どっちへ逃げたんだろう」

「ああ、困ったわ。あなたも知らないのね」彼女は少しがっかりした様子で肩をすくめたが、すぐに背をそらせ、白い壁の一点を見つめた。「ぐずぐずしていられないわ。調査してみます。衣笠さん、おどろかないでくださいね」彼女は壁に指をつきつけた。「秘書忍法・オペレーションズ・リサーチ」

壁の一部に、テレビ・スクリーンの形をした映像があらわれ、それは社内要所要所を次から次へと眼まぐるしく点滅させていった。一種の透視術《クレアヴオヤンス》である。

また、おどろいて見せようかと思ったが、いちいちおどろくのが面倒なので、おれは彼女にいった。

「そうか。君だね。産業情報研究所の第三期卒業生で、しかも優等生だったという、俗称、虎御前《とらごぜん》のメリーは」

彼女はスクリーンを凝視したままで、からだを固くした。「あなたはいったい、誰なの」

「あっ。いたぞ」おれはスクリーンの中にあらわれたインターナショナル健を指した。

「まあ憎らしい。営業部室にいるわ。大勢のいるところだと、わたしが手を出せないと思っているのよ」

「行こう」

おれと虎御前のメリーは階段を駈けおり、四階の営業部室へとびこんだ。

おれたちの勢いと血相におどろいて、いっせいにこちらを眺めた営業部員たちに指をつきつけ、おれは叫んだ。「忍法・総白痴」

たちまち社員全員がうっとりとした表情になり、だらしなく頰の筋肉をゆるめてうわごとを喋りはじめた。

「ホッカイローのケーコタン」

「ハッパフミフミー」

「オカーサーン」

「ワイドだよ。ワイドだよ」

「ニャロメ」

集団催眠は対個人催眠よりも、むしろかけやすいのだが、精神力が少しでも常人以上に強い人間がいると、そいつだけにはかからないのが欠点だ。窓ぎわにいた健は、おれの術にかからず、あべこべに術をかけ返してきた。

「労組忍法・ピケライン」

今まで、てんでばらばらにあらぬことを口走っていた連中が、急に頬を引き締め、団結して、おれたちの前にピケラインを作ってしまった。催眠術にかかった連中ほどチームワークのとれた集団はないのでおれが手を出しかねていると、虎御前が横から大声で叫んだ。

「忍法・マネージメント・シミュレーション」

突然おれたちの前に、身長一メートルにも足らぬ小さな社長が数十人あらわれ、ピケラインになぐりこみをかけた。

たちまち、ピケラインは破れた。

社員たちが、小さな社長の大群と乱闘をくりひろげている間に、おれたちはピケラインを突破し、部屋の奥へインターナショナル健を追いつめた。

「追いつめたぞ。さあ、青写真をよこせ」

健は円筒形に巻いた数本の青写真を抱きしめたまま、おれを睨みつけた。「貴様、いったい、何者だ」

「お前の先輩だよ。さあ、それをよこせ」

「先輩だと」健は疑わしげにおれをじろじろ眺めてから、かぶりを振った。「いかに先輩だろうと、資本家の犬にこの図面は渡せないね。あばよ」彼は、あっという間に窓からとび出し、ビルの外壁についている鉄製の非常階段にとびついて這《は》いあがり、靴音高くのぼっていった。

「屋上へ逃げるつもりよ」虎御前が叫んで、すかさずからだを豹《ひょう》のようにくねらせながら宙に身を躍らせ、非常階段の鉄パイプの手摺《てす》りにとびつき、健のあとを追いはじめた。

もちろんおれも、彼女のひきしまったヒップの軌跡を追って跳躍した。

ふたたびおれたちは健を、晴れわたった青空の下、広い屋上の片隅に追いつめた。なにしろ三人とも、一気に十七、八階分の階段を駈けあがったものだから、しばらくは睨みあったまま肩で息をしていた。

やがて、気力をとり戻した健が、ひと声高く叫んだ。「労組忍法・共産党宣言」

健は見るみる一匹の巨大な妖怪に変身し、おれたちに襲いかかってきた。これこそ十九世紀末のヨーロッパに出てあちこちを闊歩《かっぽ》していたまっ赤な妖怪であって、肛門《こうもん》からは私有財産を垂れ流し、肩からは「万国の労働者団結せよ」と書いた襷《たすき》をかけている。

今にも食われそうになった瞬間、赤い唇を可愛く開いて虎御前が叫んだ。「忍法・コンピューター」

彼女の小さな口から、猛烈な勢いでパンチ・テープが次から次へととび出し、それは妖怪のからだにからみついて、ぐるぐる巻きにしはじめた。健はあわててもとの姿に戻り、脱出しようとしたものの、くり出されるパンチ・テープの攻勢はものすごく、とうとう蓑虫《みのむし》形に全身を覆われ、中へ封じ込められてしまい、コンクリート・タイルの上へごろりところがった。

「労組忍法なんて、意外にもろいのね」片頬に笑窪《えくぼ》を作りながら、虎御前はあたりに散らばった青写真を拾い集め、おれにいった。「この人、第二期卒業生だそうだけど、きっと成績は悪かったんでしょうね」

「この男は在学中に赤くなったんだ」と、おれはいった。「こいつの術が未熟なのは、自分の思想に縛られているからだよ」

「あら。この人、あなたの同期生」

「いや。おれの方が先輩だ」

「まあ。じゃあ、第一期卒業生なの」

「そうだ。こいつのことも、それからあんたのことも、卒業してから噂《うわさ》には聞いていた。特にあんたのことは、すごく出来のいい女の子がいるという評判で、前から会いたく思っていたんだ」おれは喋りながら、ゆっくりと彼女に近づいた。

「あら」彼女は頬を染めた。「先輩から褒めていただいて光栄ですわ。でも、噂ほどじゃありませんことよ」彼女はまた、小首を傾げた。「ところで、あなたはどなた」

「見本市団五郎だ」名乗るなりおれは、すっかり油断している彼女の腕の中から青写真の束をひっさらい、数メートルうしろへ跳び退《すさ》った。「これは、おれがいただく」

彼女は白い歯を光らせてきゅっと唇を噛《か》みしめ、小さなからだを口惜しげによじった。

「油断したわ」

「そうとも。油断はいけないね」おれはにこにこ笑って、うなずきかけた。

「見本市団五郎とは、思わなかったわ。だって、見本市団五郎というのは……」

「もっと、荒くれ男だと思ってたんだろ。こんな、やさ男とは思わなかったっていうんだろ」

「そうよ。でも、逃がさないわよ」彼女はおれに指を向けた。「忍法・ボトル・ネック」

おれのネクタイが、ひとりでひらりと宙に舞いあがり、おれの首をぎゅうっと絞めつけた。

「ぎゃっ」おれは不意をくらってぶっ倒れ、手足をばたばたさせた。「電気製品は最近、日本経済の隘路《あいろ》じゃない筈だぞ」

「関連産業が隘路化してるのよ」虎御前はにっこり笑った。「忍法・フィードバック」

おれが苦しまぎれに周囲へまき散らした青写真は、するすると宙をとんで虎御前の腕の中におさまった。

おれはネクタイをむしり取って叫んだ。「忍法・エコノミック・アニマル」

全身に札束をひらひらとぶらさげ、貨幣をしたたらせ、眼鏡をかけた出っ歯の巨獣と化して、おれは彼女に襲いかかった。

「忍法・テレビ流し」虎御前はそう叫んだ。

彼女のからだは、ぴょんと宙に浮かびあがっては消え、消えたかと思うとまた下からあらわれた。ちょうど垂直同期のうまくいってないテレビの画面のようなもので、下から上へと次つぎに流れて行く。おれは何度も襲いかかったが、そのたびに牙《きば》は空を噛み、爪はむなしく宙を切った。

　こうなれば作戦を変更し、なんとしてでも彼女をおれの肉体的魅力でたらしこみ、女性心理を利用して図面をまきあげるより他に手はなさそうだ。

　おれはすぐさま、もとの姿に戻って叫んだ。

「忍法・ハダカ相場」

　一定したテンポのフリッカーで、ぴょこんぴょこんと下から上へ流れ続けていた彼女のからだから、まず最初、濃紺のスーツがぱらりと落ち、次のフリッカーでブラ・スリップが落ち、最後のフリッカーで彼女はパンティの中からとび出して、とうとうまる裸になってしまった。

「あら。いや」彼女は大あわてで屋上にとびおり、散乱した下着を拾いはじめた。からだの線はまだ固く、乳房もさほど大きくはない。おれはにやりと笑った。

「新株らしいな。プレミアムをつけてやるぜ」おれはすばやく裸になって虎御前にとびかかり裸の彼女を背後から抱きすくめて叫んだ。「忍法・ハイジャック」

　おれは彼女を抱いたまま、屋上のさらに上空数十メートルのところへ浮かびあがった。

「さあ。おとなしくして。あばれると落ちますよ、お嬢さん」

「どうするつもりなの」

「あなたを、いただいちまうの」

「あら。こんな高いところで」

「そうなの」

「いやよ。いや」

腕の中でもがく彼女を、おれは無理やりぐいと抱きしめ、空中を二転、三転しながら犯す体勢に入ろうとした。その時、虎御前の鋭い爪先がおれの脊椎《せきつい》の射精中枢にぐさりと突き刺さった。

「忍法・たなざらえ」

ひどい衝撃だった。あっという間もなく、おれはありったけの蛋白質《たんぱくしつ》をむなしく空中に射精し、気力も体力も喪失して、まっさかさまに屋上へ墜落した。

気がついた時、おれと共に墜落した虎御前は、打ちどころが悪かったらしくおれのすぐ傍でヌードのままぶっ倒れていた。

彼女をものにするには、この機会をおいて他にない。おれはすぐさま立ちあがり、気力と体力の充実をはかるため、掛け声をかけた。「忍法・自己融資」

その声で意識をとり戻した彼女は、すでに種馬のそれの如く猛《たけ》り立ったおれの逸物《いちもつ》をひと眼見てきゃっと叫び、処女の羞《は》じらいに頰を染め、眼をそむけながら叫んだ。

「忍法・ミニアチュア・チューブ」

たちまちにしておれのペニスは親指の大きさ、MT真空管並みに縮んでしまった。干涸《ひから》びた青唐辛子みたいなものである。これでは役に立ちそうもないので、おれはあわてて、また声をはりあげた。

「忍法・品質管理」

一瞬にしておれの陰茎は、通常の約十倍の大きさに勃起《ぼっき》し、天に向かってそびえ立ち、JISマークの入った亀頭からはデミング賞がぶらさがり、ファンファーレが高鳴り、くす玉が割れて鳩《はと》が飛び立った。

「あ……あ……」

これはまだ男を知らぬ虎御前には効果満点だった。彼女は眼を見ひらいておれの下腹部を凝視し続けながら、なかば腰を抜かした態《てい》で、へたへたとその場にくずおれてしまったのである。今や術をかけ返しておれに抵抗する気力もなくしてしまったらしい。

「ああっ。いや。いや」

顔を伏せ、弱よわしくかぶりを振り続けていた彼女に、おれはゆっくりと近づいた。

背後から彼女にそういうと、彼女はいやいやをして叫んだ。

「忍法・催促相場」

たちまち彼女はビニールの包装紙にくるまって、箱の中に入ってしまった。箱の蓋《ふた》には「特級品」というラベルが貼《は》りついた。『箱入り娘』という洒落《しゃれ》らしい。

おれは笑いながらいった。「忍法・オープン・ディスプレイ」箱の蓋が開き、軍艦マーチが鳴り響いて、花輪が立ち並んだ。『祝・新装開店』『出血大サービス』『全機開放』『打ち止めナシ』

「ひどいわ」彼女がくすくす笑いながら箱の中からとび出して、おれにつかみかかってきた。「新装開店なんかじゃないわ」

おれたちは取っ組みあいをしながら、屋上をごろごろところげまわった。例の青写真があたりに散らばっていたが、なんとなく彼女もおれも、そんなものはもうどうでもいいような気になってしまっていた。

「忍法・強含み」おれは彼女の全身にキスを浴びせながら、そういった。

「忍法・抵抗線」

「忍法・特定銘柄」おれは彼女の唇を唇で塞《ふさ》ごうとした。

彼女はけんめいに、かぶりを振った。「忍法・マージン取り引き……む……む……」

ながいキスが終ってから、おれはいった。

「忍法・寄りつき」

「ああ……」彼女は嘆息した。「忍法・信用買い」

「忍法・外資導入」と、おれは叫んだ。

「あ……」彼女は呻《うめ》いた。「忍法・逆ザヤ」

「忍法・もちあい放れ」おれも息をはずませながらいった。「忍法・上放れ。忍法・下放れ……」

「忍法・大台乗せ……ああ、い、痛い。痛いわ」彼女はあえいだ。

「忍法・浮動担保」

「ああ……ああ……忍法・小戻し」

「忍法・もちつき相場」

「忍法・引き締まり……やめて……ああ……やめて」

「忍法・様変わり。忍法・吹き値」

「忍法・青天井」彼女は声をうわずらせた。「忍法・お、お、大引け……ご、後場の大引け」

「忍法・棒上げ」おれはのけぞった。「に、忍法・暴騰《ぼうとう》」

「忍法……に……に……」彼女はついに、失神した。

しばらくして息をふき返した彼女は、傍に横たわっているおれに、ゆっくりと手足をからませてきた。「ねえ。好きよ。あなたが。可愛いひと。ダーリン。団五郎ちゃん」

おれは太陽を見あげながら、ぼんやりした口調で彼女にいった。「ぼくは、君を色仕掛けでたらしこみ、からだを奪うついでに心も奪い、ぼくの思い通りにしてしまって、あの図面を奪うつもりだった。ところが」おれは彼女に向きなおった。「身も心も奪われてしまったのは、ぼくの方だった。君はすばらしい。メリー。ぼくはもう、あんな青写真は、どうでもよくなってしまった」

「わたしもよ」

おれたちはまた、午後の陽光の降りそそぐ屋上で、裸のまま抱きあい、キスをした。

身支度をととのえながら、虎御前がパンチ・テープでぐるぐる巻きのインターナショナル健を顎で指し、おれに訊《たず》ねた。「ねえ。あの人、どうしましょう」

「ほっとくんだな」と、おれはいった。「誰かが見つけて、助けてくれるだろう。もし窒息して死ねば、それはあいつが未熟だったからだ。われわれの掟《おきて》はきびしい。負けた者が死ぬ、それが掟だ」

「そうね」

パンチ・テープの蓑虫が、ひくひくと動いた。おれたちの話が聞こえたらしい。

おれは青写真を拾い集め、虎御前に渡した。「君が持っていけ。君の戦歴に傷をつけたくない」

非常階段を駈けおりていくおれに、屋上から虎御前が叫んだ。「ありがとう、先輩。また、いつかどこかで会いましょうね」

翌朝、おれはペニー社の商売敵である五菱電機の社長室にしのびこんだ。社長は入ってきたおれに気がつかず、社長用デスクに向って書類に眼を通している。

デスクの前にある黒革のソファのうしろに片膝《かたひざ》ついてうずくまり、おれは社長に小声で呼びかけた。

「もし。ご主人さま。もし。ご主人さま」

「誰だね」社長は顔をあげた。

「わたくしでございます」おれはソファの蔭《かげ》から顔だけ出し、片方の握りこぶしを床に突いて一礼した。

「ああ、お前か」社長はうなずいた。「どうだね。新製品の青写真は、手に入ったのかね」

「はい。図面を撮影して参りました」おれは超小型カメラ兼用のネクタイ・ピンをはずし、社長のデスクの上に置くと、またとび退いてソファの蔭《かげ》に隠れた。

虎御前のメリーが失神している間に、おれはあの青写真を一枚残らず撮影しておいたのである。

「ご苦労だったな。よくやった」社長はネクタイ・ピンをとりあげ、にやりと笑った。

「ところで、ご主人さま」

「何だね」

「あの、ご褒美の方は」

「ああ。今やるよ」社長はデスクの抽出《ひきだ》しからサイレンサーつきのワルサーを出し、銃口をソファに向けた。「これだ」

ずぼっ、と、鈍い音がして、ソファの凭《もた》れを貫通した銃弾がおれの右腕に深く食いこんだ。

「ぎゃっ」

不意をくらっておれはうろたえ、横っとびにドアの方へ逃げた。ドアの手前で、社長の発射した二発めが尻《しり》に食いこんだ。

「ぎゃっ。ぎゃっ」

ズボンからうす煙をあげ続けながら廊下を逃げ、さらにあちこち逃げまわった末、おれは命からがら五菱電機を脱出した。

おかかえの産業スパイを裏切るなど、まったく、とんでもない社長である。世の中も、せち辛くなったものだ。おれは、傷の痛みと口惜しさで、二、三日眠れなかった。しかし、いくら口惜しくても、だまされましたと訴えて出ることはできないのだ。

「くそ。あの社長め。いつか復讐《ふくしゅう》してやるからな。おぼえていろ」

もちろん、二度とペニー社へ出社することもできない。腕と尻から弾丸を抜いてもらったもぐりの医者に手術代を支払うと、金もなくなってしまった。

四日め、傷の痛みもうすらいだので、おれは腕を肩から吊り、びっこをひきながら街へさまよい出た。新しい仕事を探すためである。

「まあ。団五郎さんじゃありませんか」

街かどの銀行から出てきた虎御前がおれを見て、眼を丸くしながら声をかけてきた。

「そのなさけない恰好《かっこう》は、なにごとですの」

「君にだけは、この恰好、見てほしくなかったね」おれはしょげ返りながらいった。

「やとわれた会社の社長に、裏切られちゃったの。それで、お金ももらえなかったの」

「わたしをだまして、図面を撮影したむくいですわ」

「あれ。なんだ。知ってたの。それで、あのフィルムも、ふんだくられちゃったの」

彼女はくすくす笑った。「それで少し安心したわ。だって、わたしのせいで、あなたがそんな目に遭わされたんだったら、寝醒《ねざ》めが悪いもの」

「君のせいだって」おれは聞きとがめた。「君、いったい何をしたっていうんだ」

「忍法・抜き荷」彼女は小走りにおれから離れてふり返り、にっこり笑って叫んだ。

「あなたが油断してる隙に、わたし、あのネクタイ・ピンからフィルムを抜いといたのよ。ごめんなさいね」

虎御前のメリーは、濃紺のスーツにぴったり包まれたあの弾力性のある可愛いヒップを、唖然《あぜん》として立ちすくんでいるおれに向け、真昼の横断歩道を彼方へ走り去って人混みに消えた。

黄金の家

「ややあ。どうもどうもどもども」

そういって愛想よくおれの家へやってきたのは、近所のペンキ屋である。

彼はおれの見ている前で、おれの家の壁をべたべたと黄金色に塗りはじめた。

「おい。な、な、何をする」おれはびっくりして彼に叫んだ。「家の壁を、そんな金ピカにされてたまるか。気ちがいと思われる」

「そうとも。いい色だよな」ペンキ屋はにこにこ笑いながら答えた。「黄金の色だ」

「冗談じゃない。やめてくれ。やめろ」

ペンキ屋は刷毛《はけ》の手を休め、おれを見て首をかしげた。「だって、この色に塗ってくれって頼んだのは、あんたなんだぜ」

「馬鹿いえ。いつそんなことを頼んだ。こんな気ちがいじみた、いやらしい色にしてくれなど、頼んだおぼえはない。だいたい、あんたに仕事を頼んだおぼえなんかないぞ」

ペンキ屋は、おれを睨《にら》みつけた。「やい。ひとをなぶるつもりか。昨日お前さんは、おれの店へやってきて、家の壁ぜんぶ金色に塗ってくれって頼んだじゃねえか。金箔《きんぱく》は高くつくよっていったら、十二万円先払いしてくれた。見ろ。受取りの控えもここにある」

おれは驚いて、かぶりを振った。「身におぼえのないことだ。とにかく帰ってくれ」

ペンキ屋は歯をむき出して、おれに近づいた。「やいやい。この忙がしいのに、ひとを馬鹿にして一杯食わせるつもりか」

おれは顫《ふる》えあがった。このペンキ屋は癇癪《かんしやく》持ちで、しかも馬鹿力である。おれはしかたなく、うなだれた。「じゃ、やってくれ」

「あたり前だ。仕事にけちはつけさせねえ」

いや応なしに、ペンキ屋はおれの家の壁全部を金ピカにしてしまった。どう見ても正気の人間の住む家ではない。

ペンキ屋が帰っていったあとで、溜息《ためいき》をついて悲しんでいると、だしぬけにでかい音がして、庭にプラットホームがあらわれた。プラットホームにはコンテナが数個と、若い男二人が乗っている。

「ここだ、ここだ。この家でいいんだ」男たちはそういって、庭へコンテナをおろしはじめた。「この、黄金色の壁が目じるしだ」

「こら」おれは泡をくってプラットホームにかけあがり、男たちをどなりつけた。「他人の家に、何を持ちこんだ。お前らはなんだ」

「おれたちは清掃局のもんだ」と若い男の片方が答えた。「この庭へ、廃棄物を置いてくるよう、役所から命令されたんでね」

「そんなでかいもの、庭へ捨てられてたまるか」おれはわめきちらした。「帰れ」

「だって、そう命令されてるんだよ」もう片方がいった。「文句があるなら、役所へ行って言ってくれ」

「よし。行ってやる」と、おれは叫んだ。

「とんでもない役所だ。さあ、つれて行け」

「じゃあ、来てくれ」男たちは困った顔を見あわせながら、ふたたびコンテナを、プラットホームに運びあげた。「じゃ、出発する」

不意に、あたりの景色がぼやけた。

次の瞬間、おれたちの乗ったプラットホームは、がらんとした、でかい倉庫のような建物の中にいた。周囲には、コンテナがいっぱい積みあげてある。

「こらこら君たち。廃棄物を持って戻ってきちゃあ、いかんじゃないか」建物の中を歩きまわっていた役人らしい男が、おれたちを見あげていった。「目じるしのある家の庭へ、捨ててこいといっただろ」

「おれの家の庭に、汚物を捨てられてたまるか」おれはプラットホームの上から役人をどなりつけた。「それが清掃局のやることか」

「なんだ。家の人に見つかったのか」役人は首をすくめ、若い男たちに命令した。「しかたがない。よその庭に捨てよう。君たち、とにかくそれをおろしなさい」

若い男二人は、プラットホームからコンテナをおろしはじめた。

「汚物を国民の家に捨てるなど、とんでもない」おれはまだぷりぷりしながら叫んだ。

「だれが、汚物といいましたか」役人はにやにや笑いながらいった。「ここは二十三世紀です。黄金が人工的に簡単に合成されるようになったため、皆が黄金を作り出し、金本位制が崩壊して経済混乱が起った。そこでわれわれは、黄金を二十世紀へ捨てることにしたのです。二十世紀の人が喜ぶと思ってね。でも、厭《いや》ならしかたありませんな」

あっ、と思い、おれは待ってくれと叫ぼうとした。だがその時はもうおそく、おれの乗ったプラットホームはふたたびおれの家の庭に出現した。プラットホームは、すぐまた消失し、おれは庭に投げ出された。

プラットホームと見えたのは、実はタイム・マシンであったらしい。見あげると、家の壁はもと通りになっていて、郵便受に入っていた新聞の日付を見ると、ペンキ屋がやってきた日の前日であることがわかった。

おれは顔色を変えて銀行に走り、十二万円のあり金全部を引き出すと、すぐさま近所のペンキ屋へ走っていって叫んだ。

「さあ。この金でおれの家を金ピカにしてくれ」

タバコ

彼はもともと、タバコの害を少しも気にしてはいなかった。フィルターつきでないタバコを一日に四十本以上すっていた。肺ガンになるのを恐れて禁煙したり節煙したりしている人間を見るたびに、臆病者めと思い、心で嘲笑《ちょうしょう》していた。

突然、タバコが恐ろしくなり出したのは、ある雑誌に掲載されていた「タバコをすわぬ人と愛煙家の死亡率の比較」という記事を読んでからである。

それによれば、愛煙家の肺ガンにかかる率は、タバコをすわない人間に比べて約二倍、死亡率も二倍ということであった。それだけではない。タバコをすう者は必ず、心臓、胃、動脈、脳などに、何らかの形で確実に障害を起すというのである。結論として、もしもタバコをやめれば、死ぬ率が半分になると書かれていた。

ここまで徹底して書かれた記事を読むのは初めてだったので、彼はさすがにふるえあがった。よし、禁煙できるかどうか、やってみよう、と、彼は思った。

禁煙は思っていたより楽だった。もともと美食家だったため、食道楽に転向したからである。タバコをやめてから、食べものの味がわかりはじめたような気さえするほどで、これは儲《もう》けものだと、彼は喜んだ。

禁煙して一ヵ月め。彼は車にはねられて死んだ。一ヵ月で体重が十キロもふえ、ぶくぶく肥《ふと》ってしまったことを忘れ、以前のように、注意信号が出てから、いそいで車道を横断しようとしたためだった。

訓練

遠い外惑星から地球へ、親善使節がやってきた。さっそく、ある国のある大臣が接待役に任ぜられた。

彼は大使を地球一周空の旅に招待した。

ジェット機で日本上空を通過する時、大使は地上を見おろしながら接待大臣に訊《たず》ねた。「あの島国の都市は、すべて透明のドームに覆われていますね。いったいなぜですか」

接待大臣はもじもじした。公害のため――などとは、他の国のことながら同じ地球の人間としてはずかしく、とても他の星の大使には言えない。

しかし事実は、すでに日本列島全体がスモッグに覆われていたのだ。公害企業はやっと都市から追放したものの、その都市でさえドームに覆われていなければ居住不可能というほどにまで、ひどくなっていたのである。

接待大臣がもじもじして答えないため、すぐにぴんときた大使は、それ以上の質問を控えることにした。

やがて大使は故郷の星に帰り、報告書を提出した。それには日本の都市ドームのこと、そして彼の感想が書き加えられていた。

「思うに、人口問題をかかえた勤勉なる島国のニホン人は、やがて移住するであろう他の惑星の苛酷なる条件に馴《な》れるため、今から居住ドームの中に住んで自らを訓練しているのでありましょう。まことに感心なものであります。その証拠に、ニホン国以外の国の人たちからは、自分たちののん気さを恥じている様子が、ありありとうかがえたのであります」

ブロークン・ハート

「あなた、どうして捨てられたの」

「見りゃわかるだろ。壊れたからさ」

「よかったわね」

「何がよかったんだ」

「壊れて捨てられたんですもの」

「それがなぜ、いいんだ」

「わたしみたいに、新品同様で捨てられるのにくらべたら、ずっとしあわせよ」

「そうかな」

「そうよ」

「君は新品同様なのかい」

「ええ。二度しか履いてもらえなかったわ」

「持ち主は、女性だったんだろ」

「もちろんよ。わたし婦人靴だもの」

「ぜいたくな女性だったんだな。たった二度履いただけで、捨てちまうなんて」

「ううん。それほどぜいたくじゃないわ」

「じゃ、なぜ捨てられたんだ」

「失恋したからよ」

「最近の女性は、失恋すると靴を捨てるのかい」

「わたしを履いて、恋人に会っている時に、失恋したことが二度あるの」

「それは、君の責任なのかい」

「わたしの責任じゃないわ。そのひと、縁起をかつぐのよ」

「でも、そんなにたびたび失恋するなんて、つまり、浮気っぽいってことだろ」

「そうかもね」

「浮気っぽい女は、飽きっぽい女だ。だから君も、飽きられたのかもしれないぜ」

「そうは思いたくないわ」

「君の持ち主だって、そうは思いたくなかったにちがいないぜ」

「なんのこと」

「失恋したのは、自分が飽きられたからだとは、思いたくなかったにちがいないさ。だから、君のせいにしたんだ」

「あなたって、やさしいのね」

「どうしてだい」

「わたしを、いたわってくれるんでしょ」

「いつぼくが、君をいたわった」

「だってわたしに、自分が悪い靴だったために捨てられたと思わせたくないんでしょよ」

「そんなこと、考えてもみなかったよ」

「あら。あなたって、男らしいのね」

「どうして」

「わたしをいたわったこと、自分で照れてるのね」

「買いかぶりだよ」

「あなたが好きになっちゃったわ」

「ありがた迷惑だな」

「だって、好きになっちゃったんだもの」

「だんだん、わかってきたよ」

「あら、何が」

「君が、惚《ほ》れっぽいってことが、さ」

「どうして」

「君はいつも、持ち主の恋人に恋をしたんだ。そして持ち主を嫉妬《しっと》したんだ」

「そんな」

「そして、いつも持ち主が失恋するような振舞いをしたんだ。君は悪い靴だ」

「ひどいわ。あなたが好きなのに」

「君に好かれちゃ大変だ。もう、君とは話をしないよ。さよなら」

「ああ。また失恋しちゃった」

ナイフとフォーク

　早智子は良介から、夕食に誘われた。

　良介のことを、早智子はそれまで、いくぶん軽蔑《けいべつ》していたといえる。早智子は都会生まれの都会育ちで、自分のことを洗練された優雅な感覚の持ち主だと思っていたし、一方、良介の方は田舎育ちで、いささか粗野なところがあったからである。

　もちろん、彼を嫌っているというわけでは決してなかった。だから夕食に誘われた時、彼を傷つけては悪いからという、ただそれだけの理由で承知した。

　早智子が上品な趣味の持主であることを知っていたためであろう。良介は早智子を、高級レストランにつれて行った。だが、いざ料理が出てくると、良介は西洋料理のマナーをまったく知らなかったのである。

　彼はずらりと並べられたナイフとフォークの選びかたを知らず、時にはひとつの料理に二本のフォークを使ったりもした。そのため最後にはフォークが足りなくなり、コーヒー用のスプーンで、サラダを食べたりした。

早智子ははらはらして、彼の食べかたを眺めていた。しかし良介は、自分がマナーを知らぬことに、さほど劣等感を持っていない様子だった。いや、むしろ彼は、マナーがあるなどということさえ知らなかったのではなかっただろうか。彼は早智子のマナーを真似ようとする様子さえ、見せなかったからである。早智子は彼の無神経さが気になり、ほとんど料理の味がわからなかった。

あとで早智子は、考えた。

なぜ、彼のマナーに関する無知が、あんなに気になったのだろう。いや、そもそも、彼の無神経さだけが気になったのだろうか。気になった理由は、もっと他にもあったのではないだろうか。彼の存在そのものが、気になったのではなかっただろうか。

早智子は考え続けた。

そのうち、考えることに疲れてしまった。マナーなど、どうでもいいではないか、と、そう思いはじめたのである。自分のマナーにしても、週刊誌から得た知識というだけのことではないのか。そんなこと、どうでもいいのではないのか。それならなぜ、そんなに彼のことが気になるのか。

そして二ヵ月ののち、良介と早智子は結婚した。新婚旅行は西洋料理の本場ともいえるフランスだった。

アメリカ便り

いったいなぜ、希代子のような、あんな頭の悪い人がアメリカでまともに生活できるんだろう。

加代子はそう思いながら、その日もまた、アメリカに住んでいる希代子からきた手紙の封をペーパー・ナイフで開いた。

学生時代、加代子は英語の出来がクラスでいちばんよかった。その上英文タイプもうつことができたし、英会話の塾にも通っていた。向学心は、あるいは加代子の勝気さのせいでもあったろう。

それに比べて希代子は英語の成績がひどく悪かった。顔立ちも加代子に比べれば劣っていた。加代子が希代子と友達になったのは、彼女が優越感を味わいたかったからでもあったろう。それなのに希代子は卒業後、加代子が選んだ相手よりもずっといい夫を見つけて結婚し、アメリカへ行ってしまったのである。

アメリカでの希代子の生活——小綺麗《こぎれい》な住宅に住み豪華な車を乗りまわしていること、そして夜ごとのパーティや夫の出世のことなど——それらがこまごまと記された希代子からのアメリカ便りを読むたびに、まだ2DKの団地に住んでいる加代子が口惜しさに唇を噛《か》みしめるのも当然だった。加代子はいつも、腹立ちまぎれに希代子の手紙を焼き捨てるのだった。

その日の手紙には、英語を喋《しゃべ》るのがだいぶうまくなったと書かれていた。なにを、なまいきな、と、加代子は思った。

返事には、こう書いた。「いちど英語でお便りくださいませ。きっとわたし、あなたのあまりの上達ぶりに感心して、舌を巻くことでしょうね」

数週後、希代子からの英文の手紙が届いた。むずかしい単語や熟語の多い、みごとにタイプされた手紙だった。

加代子はその手紙を、ぜんぜん読めなかった。家事に追いまわされているうち、ただ勝気さからけんめいに記憶した英語を、すっかり忘れてしまっていたのである。

香りが消えて

久しぶりの同窓会だった。招待状が来たとき良江は、行かなければ、と思った。結婚してから一度行ったきりである。去年は長男の出産のため、出席できなかったのだ。博一は、一日だけ実家の母にあずければいいわ、そう思った。

同窓会に急に出席しなくなると、何かあったのではないかと勘ぐられ、夫とうまくいってないのではないかと取沙汰《とりざた》され、経済状態が悪いのではないかと噂《うわさ》されることを、良江はよく知っていた。今年は、どうしても行かなければ……。

前の日になって良江は、香水がないのに気がついた。滅多にない珍しい高価な香水であったが、良江はそれを女子大生時代からずっと身につけていた。最近は家事に追われ、あまり身につける機会はなかったものの、それでも着飾って外出する時には、その香水をつけていないと、やはり裸でいるような不安な気持におそわれた。その香りは良江の一部分でもあったのだ。娘時代、良江の友人たちはその香りで彼女を連想するほどだったのだから。

商家で裕福だった実家とは違い、夫は平凡なサラリーマンである。だから高価な香水をいつも買っておけるような余裕はない。でも明日は、どうしてもあれをつけて行かないと……良江はそう思った、へそくりを計算すれば、どうにか買えるだけの額はあった。良江は一歳半の博一をつれて、香水を買いに出かけた。

その香水をおいている店は都内に一軒しかなく、良江はその店をよく知っていた。さいわい、場所も近くだった。

途中、玩具店の前を通りかかると、博一が急にむずかりはじめた。店頭のショー・ケースに入っている電車の模型がほしいというのだ。最近の玩具がやたらと高価になっていて、だから博一にも、今までほとんど玩具らしいものを買ってやっていないことを良江は思い出した。生まれた時、実家から祝いにもらった幼児用玩具ではもはや満足できないほど、博一は成長している。

値札を見ると、へそくりの半分以上の値段がついていた。それを買ってやれば、良江は香水が買えなくなってしまう。

だが良江は、模型の電車を買ってやった。

これでいいんだわ——そう思いながら良江は、しっかりと模型の紙包みを抱いている博一の手をひいて、家への道を戻った。そうだわ。これでいいんだわ……。

彼女は毎日家で漬け込んでいる漬け物の臭いが全身に染み込んでいることには気づいていなかった。

タイム・マシン

「あなた、SF作家なんですってね」と、女が訊《たず》ねた。

おれは答えた。「ああ。そうだよ」

「SFっていうのは、宇宙人が出てきたり、タイム・マシンで未来や過去へ行ったりする、あれでしょう」

「ああ。そうだよ」

「タイム・マシンなら、わたしも持ってるわ」と、女がいった。

「ほう。どこに」

女は女性用腕時計を細い手首からはずして机の上に置いた。「ほら。これよ」

おれは苦笑した。「時計というのは、たしかに時間《タイム》をきざむ機械《マシン》だ。だからといって、これがタイム・マシンにはならない。タイム・マシンというのは、人間や、その他の物質を、過去や未来へ運ぶ機能を持っていなければならないんだよ」

「そういう機能なら持ってるわ。もっとも、こんなに小さい機械だから、人間がこの上に乗るわけにはいかないけど、でも、この上に乗せられる大きさのものなら、なんだって、過去にでも未来にでも運べるのよ」

「ほう。そうかい」おれはポケットから百円玉を出して、時計の上に置いた。「それならこの百円玉を、過去にでも未来にでも運んでもらおうじゃないか」

「いいわよ」女は時計を眺めた。「もうすぐ一時になるわ。では、一時になれば、この百円玉を一時五分まで、つまり、五分だけ未来へ運んで見せるわ。それと同時に、一時五分にやってきたこの百円玉を、五分だけ過去へ運んで見せるわ」

「やってもらおう」

やがて、一時になった。時計の上に置かれた百円玉は、そのままだった。

「消えないじゃないか」おれは百円玉を指さしていった。「ほんとに未来へ運べるのなら、この百円玉は一時になると同時に消え、一時五分にまたあらわれる筈《はず》だよ」

「消えたわよ」と、女は答えた。

「だって、ここにあるじゃないか」

「ああ。それはだから」女はいった。「一時五分から、五分間だけ過去へやってきた百円玉なのよ」

脱走

静かな湖のほとり。若い男女が寝そべって話していた。そばの携帯ラジオからはストリングスによる甘いムード音楽が流れ続けている。彼らふたりのほかには、人かげはなかった。

「臨時ニュースです」音楽を中断し、ラジオが喋《しゃべ》りはじめた。「先ほどお伝えしました、精神病院を脱走した凶暴性のある患者は、その後、大仙湖畔に通じる国道を西へ向かっている模様であります」

「あら、いやね」女が起きあがって、男にいった。「大仙湖って、ここじゃないの。こっちへ向かっているのよ」

「なあに。すぐ、つかまるさ」若い男が、眠そうな声でいった。

またムード音楽に戻ったラジオは、数分ののち、また臨時ニュースを喋りはじめた。

「新しいニュースが入りました。その後、精神病患者は、国道ぞいのドライヴ・インを襲った様子であります」

「あら。それじゃきっと、わたしたちの寄ったドライヴ・インだわ」女は寝ている男の肩を揺すった。「ねえ。ねえ。ますますこっちへ近づいてるわよ。どうする」

「どうするったって、どうしようもないだろ」男がうるさそうに答えた。

女は恨めしげに男を眺めた。「うん。わたしがこんなに、こわがってるのに。もしここへ、急に気ちがいがやってきて襲いかかったら、どうするつもり」

「そりゃあ、相手は気ちがいなんだから、逃げるよりしかたがないだろうな」

「あら。あなたひとりで逃げるつもりなの」

男は苦笑した。「自分の身は、自分で守れよ。もちろんぼくは、君をほっといて逃げるさ。君はべつに、ぼくの恋人でもなんでもないんだから」

女は怒りに眼を吊《つ》りあげ、唇を蒼《あお》くして叫んだ。「ひどいことというのね。わたしにあんなことしときながら」

彼女はコーラの空瓶《あきびん》を握り、杵《きね》で餅《もち》をつくように、瓶の底で男の頭を殴りつけた。

男は気絶した。

「ざま見ろ。ほほほほほほほほほ」女の高笑いが湖上に響きわたった。

ラジオは、まだ喋り続けていた。「患者は男女のふたりづれで、彼らはドライヴ・インからコーラ、携帯ラジオなどを奪い、さらに国道を湖の方へと向かったそうであります」

レジャーアニマル

ブランデーをちびりちびりやりながら見積書を書き終え、ぐいとグラスをあけると、オフィス・ホステスのひとりがやってきて、おれにいった。「ねえ。踊らない」

事務所の中央にあるフロアーでチーク・ダンスをしはじめた時、おれのデスクの電話が鳴った。おれは受話器をとった。

「はい。多摩川物産です」

「こちら、根本商事だがね」ろれつのあやしい声が響いてきた。「カタログにのっている商品の、DC‐56Bを五十ダース、ついでの時に納品してもらいたい」あっちでも、会社の中でどんちゃん騒ぎをやっているらしく、ゴーゴーのリズムが聞こえてくる。

「はい。毎度ありがとうございます」おれは受註伝票を切り、千鳥足で課長のところへ行った。

「課長は横に芸者をはべらせ、部長たちと麻雀をやっていた。「そこへ置いとけ。あと半荘《ハンチャン》やったら眼を通すから。あ、それ、ポンだポンだ」

おれは伝票を置き、またチーク・ダンスに戻った。

週五日制が四日制になり、ついに三日制となった。それならいっそのこと、遊びながらだらだら仕事をして週七日制にした方がいいというので、どこの会社でもオフィスにバーを作りホステスを置き、ゴルフ場やボウリング場を作るようになった。遊びと仕事の融合、つまり大昔の状態に戻ったわけである。

「さて、注文とりにでも行ってみるか」踊りに飽きたおれは、ぶらりと会社を出た。

秋本商事は、料理屋のような造作の建物の会社だった。オフィスは百畳敷の大広間で、ここに社長以下社員全員が並び、芸者をあげて大宴会をやっていた。

「おお。多摩川物産の人か。よく来た、よく来た。あんた、どじょうすくいが踊れるかね」と、社長が訊《たず》ねた。「ひとつ踊ってくれ。うまく踊れば注文を出そう」

芸者がいっせいに安来節を歌いはじめた。おれはしかたなく裸になり、ざるをかかえて踊りはじめた。〽あらえっさっさー。

睡魔の夏

「高畑君。ちょっと」と、課長がデスクからおれを手招きした。「ちょっと、来てくれたまえ」

あの、ちょっと、というやつが、くせものなのである。おれは溜息《ためいき》をついた。どうせまた、新しい仕事を命じられるに決っていたからだ。しかもおれは、これでもう、三十二時間も、ぶっ通しに仕事をしているのである。おれはしかたなく、おそるおそる課長の前へ行き、頭を下げた。「はい。何でしょう、課長」

課長は、じろりと横眼でおれの様子を観察してから、こともなげな口調でいった。

「新しい仕事だ。君がやってくれ。いっとくが、こいつはすごく急を要するのでな。今やってる仕事が片づき次第、すぐにかかってほしいんだ」

いい終るなり彼は、書類一式をぽんとデスクの上に抛《ほう》り出した。うむをいわさぬ調子だった。

しかし、これ以上仕事を続けたのでは、からだが参ってしまう。おれは、口ごもりながらいった。「はあ、あの、し、しかし」課長はまた、じろりと横眼でおれを睨《にら》みつけた。「いいたまえ。しかし、なんだね」「なんだね」

くそっ。なんだってまた、この課長に、にくまれてしまったんだろう。ほかの課員が、多少仕事を怠けても見て見ぬふりをするこの課長が、なんだってまた、このおれだけを、しつっこく、いじめやがるんだ。

おれは、ひや汗を流しながら答えた。「はい。あの、わたしはあの、これであの、三十二時間、ぶっ続けに仕事を」

「だから、どうだっていうんだ」課長は、口もとに歪《ゆが》んだ笑いを浮かべながら訊《たず》ねた。「ぶっ続けに仕事を続けて、もう仕事を続けるのが、いやになったのかね。いっておくがね、君、仕事を続けるのがいやになったということは、会社をやめたくなったということなんだよ、君。君は会社をやめたいのかね」

「いえいえ。決して決して。決してそういうわけでは」おれははげしくかぶりを振った。

「ただ、ほんの少しだけ、その」

課長は、びっくりしたような顔を、わざと作っておれに向けた。「ええっ。ほんの少しだけ、なんだっていうんだね」

おれが答えられないことを知っていながら、課長はさらに意地悪く詰問《きつもん》した。「ほんの少しだけ、なんだね」

ほんの少しだけ、休憩させてくれ、なんてことが、いえるものか。とても、口に出していえることじゃない。おれはもじもじした。

「おい。君はまさか、その」課長は、おれの顔を、眼を丸くして眺めたまま、ほんの少し顔を赤くしていった。「君はまさか、ほんの少しだけ、そのう、何か、させてくれっていうんじゃ、ないだろうね」

「いいえ。めっそうな」

「そうかい。そりゃよかった。そうだろうとも。では、ほんの少しだけ、なんだね」

おれはうなだれた。「いいえ。なんでもないんです。もう、いいんです」

「そうか。よろしい」課長は鷹揚《おうよう》にうなずいて、にやりと笑った。「じゃ、仕事を続けなさい」

おれはあきらめて、書類を受けとり、自分のデスクへ戻った。

仕事をはじめようとした。しかし、もう、ふらふらである。頭がまわらない。このままでは、ぶっ倒れてしまう。帳簿の数字さえ、ぼやけて読めないのだ。もう、どうにでもなれ。おれはそう思い、仕事にかこつけて外出した。こうなれば、こっそりサボタージュするより他に方法はない。

いったい、いつからこんなことになってしまったのだろう。町を歩いて行くどの人間も、あの顔も、この顔も、男も、女も、まるで「わたくしは、スイミンなどという下品なことは、一度もしたことがございません」とでもいいたげな、涼しい顔をして歩いているのだ。人間に不可欠の、スイミンするという行為が、なぜ、タブーになってしまったのか。ネムることが、なぜそんなにはずかしい行為なのだろう。どうしてそんなに、隠さなければならないのだろう。

ひとりの中年女が、じろり、と、おれの顔を横眼で睨んで、すれ違って行った。どうやら、スイミンしたい気持が、顔にあらわれていたらしい。われ知らず、おれは赤くなってしまった。

その時、街かどを曲って、ひとりの少女がこっちへやってきた。まっ白のワンピースを着た、十六、七歳と思える、可愛《かわい》い女の子である。プロポーションも抜群だった。たちまちおれは、欲情した。どうも、男というものは、睡眠不足の時ほど欲情するようである。

おれは、さっそく、彼女に、にっこりと微笑《ほほえ》みかけた。彼女も頬に笑くぼを作って、おれに笑い返した。少女マンガから出てきたような可愛らしさである。

おれは彼女の前に立ち、誘いかけた。「セックスしましょう。ぼくは今、勃起《ぼっき》している」

「あら、そう」少女はおれの様子を、見あげ見おろしてから、こっくりとうなずいた。「いいわ。セックスしましょ。あなたは、いい人みたいだから」

おれはすぐ、彼女の肩を抱き、大通りに面した小綺麗《こぎれい》なセックス・ルームへ入った。ここのようなセックス・ルームは、昔あったティー・ルームと同じで、にぎやかな町の大通りには四、五軒に一軒の割合いで建っているのだ。

部屋は小さいが、ベッドは豪華で、クッションもいいものを使っている。

さっそくおれは、名も知らぬその少女と、裸になって抱きあい、セックスをした。

その過程を、ながながと述べるのはやめておく、読者諸君など、そういったことは、もう食傷気味であろう。もちろん、おれだって食傷気味だ。

たとえば、飯なら一日に三度、たいていの人間が食っている。その飯を食う過程をながながと描写し、いかにその飯がうまかったかということを形容詞をフルに使って書いたとしても、これはもう、読者が退屈するに決っているのである。セックスに関しても、それと同じである。

ここではただ、この少女の味が、他の女たちにくらべて格別よかったことを報告するにとどめておく。

味がよかったものだから、つい夢中になって彼女をむさぼり、その結果、当然のことながら、おれはもう、へとへとになってしまった。汗びっしょりだが、部屋の隅についているシャワー・ルーム（ビデ・ルームともいうが）へ入って行く元気もない。ぐったりとして、柔らかな枕の中に顔を埋《うず》めると、そのまま、スーッと気が遠くなり、スイミンしてしまいそうになる。

だが、もちろん、セックス・ルームでスイミンすることは、固く禁じられているのだ。バレた場合は、法律で罰せられる。

よほど深くつきあった女といっしょにいる時だけ、セックスする時間を犠牲にして、ほんの短時間うとうとする程度が、せいぜいである。

だがそれとて、互いの寝顔を見てしまったが最後、たいがいの男女は愛想を尽かして別れてしまう。

　そしてまた、それがたとえ自分の部屋のベッドであっても、はじめてセックスした男女が、終ってから眠りこんでしまうのは、とんでもなく下卑《げび》な行為であるとされているのである。

　おれは、無理やり眼をこじあけようとしながら、思わず口走ってしまった。

「ああっ。ス、スイミンが、したい」

「なんですって」

　横で寝ていた少女が、ぱっと上半身を起し、眼を吊《つ》りあげて叫んだ。

「あなた、今、なんていったか、自分でわかってるの。まあ、いやらしい。まあ、あきれた。あなたって、そんな、いやらしい人だったのね」

　やれやれ、と、おれは思い、溜息をついた。

　この娘は、とんでもなく育ちのいい、上流階級の、しかも、しつけのきびしい家庭の娘らしいな。ただ、口に出しただけなのに。

　彼女はなおも、はずかしさに身をふるわせながら、叫び続けていた。

「なんて、なんてワイセツな！」

マッド社員シリーズⅠ

更利萬吉の就職

「わはははは。馬鹿だなあ、お前らみな」

萬吉《まんきち》は、学友たちの会話を傍らで聞いていて最後に大声で笑い出した。

「な、な、なにが馬鹿だ」

秀才を自認している学生ばかりである。馬鹿といわれていっせいに目を吊《つ》りあげ、萬吉を睨《にら》みつけた。

「そうじゃないか。就職試験、入社試験のことでそんなにおろおろ相談しあったり、深刻に考えこんだりしてよう」萬吉が喋《しゃべ》りはじめた。「どうせ人生の方針の決まる時期なんだから深刻に考えるのはあたり前だ、とかなんとか、そういうんだろう。ところがそうじゃねえんだなあ」

「じゃあ、どうだっていうのだ」

「お前の考えを聞こうじゃないか」

就職を目前に控えた萬吉の学友たちが、いっせいに萬吉につめ寄った。

「ああ、聞かせてやるとも。よく聞けよ」萬吉は得意顔で一席ぶちはじめた。「まず第一にだ、一生を求める時期が今しかないという考え方がいかん。未来的じゃないわけだ。いったん入社した会社をやめたり、引き抜きに応じたりすることは、職歴に傷がつくという考えかた、これが今までの考え方だった。これがまず、いかん。入社した会社に一生忠誠をつくすという日本人の考え方こそが、サラリーマンの生活水準を低くしとるんだぞ」

「じゃあ君は、条件のいい会社へなら、何度でも転職するっていうのか」学友のひとりが軽蔑《けいべつ》するような調子で訊《たず》ねた。

「そうだ。そんなことしてると、信用されなくなって、永久に重役にも役付にもなれんというかもしれん。たしかに今まではそうだったろう。だがこれからは違うぞ。能力がすべてを決定するのだ。アメリカなんかじゃ、一年に一度職を変えた人が三つの大会社の社長になっている。だから、人生を決定する時は現在だけじゃない。第二にだ、どんなに将来性があると思って入社した会社でも、たとえどんな大会社であろうと、倒産するおそれは常にあるのだ。これからは、ますますそうなるのだ。原子力発電の簡単な技術が開発されてみろ、大電力会社の十や二十はぶっ潰《つぶ》れる。反重力が発見されてみろ、機械工業会社の百や二百は簡単にぶっ潰れる。道路がベルト・ウエイに切り替えられる日がやがてくるぞ。そうなりゃ自動車関連工業はすべて、石油、ゴムに至るまで飛ばっちりをうけて倒産だ。銀行みたいなかたいところでも過当競争でいずれ不況になる。倒産だ。倒産だ。倒産だ」

萬吉は自分のことばに次第に酔ったようになり、目をつりあげて喋りまくった。学友たちはあっけにとられ、ぽかんとして彼を見まもっている。

「あのう」と、ひとりがおずおず訊ねた。「それならいったい、われわれは現在、どうすればいいのかね」

「常に景気のいい会社に転職して行くという姿勢を持たなくてはいかん」と、萬吉はいった。「そのためには今から、将来性はどうあろうと、いちばん有利な待遇をしてくれる会社を選ぶつもりでいるべきだ」

「しかしだねえ」と、もうひとりが困ったような表情になって訊ねた。「有利な待遇っていっても給与だけが問題じゃないだろ。やらされる仕事、つまりポストも考えなきゃ。いくら給料たくさん貰《もら》っても、いやな仕事をやらされたんじゃねえ」

学友たちが、いっせいにがやがや騒ぎはじめた。「そうだそうだ。そして、それは、入社してからでなきゃ、わかんないものな」
「だから、入社試験なんか、受けなきゃいいんだ」と、萬吉は叫んだ。
「ええっ、な、なんだと」学友たちが、あきれて萬吉を眺めた。「じゃあ君は、入社
試験を、どこも受けないつもりかね」

「受けない。そのかわり選社試験というのをやる」

「センシャ試験だって」わけがわからず、学友たちは顔を見あわせた。「なんだい、それは」

「こっちの方で会社を選ぶんだ。そのための試験だ。よりよい給料、ポストをあたえてくれる会社を選ぶわけだ」

ついに、頭へきたな。学友たちはそう思い、一歩あと退《ずさ》った。

「いいか。この人材の不足している時代に、この会社が争って優秀な人材を捜し求めている時代にだぞ」萬吉はおかまいなしに話し続けた。「どうして、その優秀な人材たるおれたちがだ、自分の方から会社の試験を受けに行く必要がある。これは話があべこべだと思わないか。これこそ前時代の遺物だ。こんな入社試験などという過去の悪習慣はすべからく無視すべきである。こっちが会社を求めているのではなく、あっちが人材を求めているのではないか。それならば当然、あっちからおれたちの方へ、

何とぞわが社へお入り願いたいと腰を折ってやってくるべきなのであって、おれたちはその連中をふるいにかけ……。おや、どうしたみんな。どこへ行っちまったんだ」

萬吉がふと気がつくと、彼の周囲にいた学友たちはすべていなくなってしまっていた。

「ふふん。おじ気づいたな。なさけないやつらだ」

萬吉は握りこぶしを振りあげ、振りおろして叫んだ。「だが、おれはやってやるぞ。選社試験やってやるのだ。みんな、おれを気ちがいだと思ってやがるんだ。だが、やってやるぞ。びっくりするなよ」

それから数日後、業種を問わず日本の大会社とされている会社約百社の総務部長宛に、次のような印刷物が郵送された。

ご通知

貴社ますますご発展のご様子、うれしく存じます。

さて、小生このたび、無事神武大学を卒業の運びとなり、現在就職先のことについていささか考えをめぐらせております。

もし貴社におきまして、小生採用の意志おありの際は、当方主催の更利《さらり》萬吉選社試験をお受け願いたく、右、ご通知申しあげます。

尚《なお》、詳細は左記の通りです。

日時　一九七一年九月二十八日・午後一時
場所　東京都江東区沈下町公害二丁目六
驚木為五郎《おどろきためごろう》方（下宿先の荒物屋）
二階・更利萬吉自室

（地図別紙）


さて、これを受けとった各社総務部長は、なにを馬鹿なとばかり、この手紙を無視し、ぽいと屑籠《くずかご》に抛《ほう》りこんだであろうか。

否。無視した総務部長は、ひとりもいなかったのである。

「これは、引く手あまたで弱ってしまい、窮余の一策にこんなことを考え出した、たいへんな秀才にちがいないぞ。しかも大人物だ。よし。誰か行かせることにしよう」

かくて試験当日、各社の人事担当者がいっせいに萬吉のところへ押し寄せたものだから大変なことになった。

萬吉の下宿している荒物屋の前の狭い路地がぎっしり人で埋まった。荒物屋の主人は、下宿人のぐうたら学生更利萬吉が、これほどの大秀才であったのかとはじめて知り、ただもう驚きあきれている。

萬吉の部屋は二階の三畳である。とても百人は入れない。萬吉はさっそく、第一次予選を行なうことにして、二階の窓から顔をつき出し、大声で叫んだ。

「各社の皆様に申しあげます。人事担当の係長、課長、部長、あるいは重役でないかた、つまり平社員のかたは、お引きとりください」

おれを勧誘にくるのに、ヘソをさし向けるような会社は、礼儀に失するところがあるから帰れというわけである。七十人ほどがあきらめて帰って行き、三十人ほどが残った。これでもまだ、二階へは入れない。

萬吉はさらに第二次予選を試みることにして二階から叫んだ。

「小生を、営業担当に配属しようとお考えの会社のみ、お残り下さい」

会社のことをよく知らない新入社員を、のっけから営業マンにしようなどという会社は、大会社では稀《まれ》である。これで二十人帰って行き、あとに十人残った。

「では、どうぞおあがりください」

どやどやと十人ほどが二階へ登ってきたが、萬吉の部屋へ入れるのはせいぜい四、五人だから、あとは廊下や階段にまではみ出している。

話しあっているうちに、初任給を五万円以上出すという会社は二社しかないことがわかってきた。萬吉はこの二社のどちらかに入社することに決め、あとの八社には帰ってもらうことにした。

残った二社というのは、当用プラスチック工業と二本鋼管のふたつの会社で、どちらも人事課長がわざわざやってきている。

「で、五万円以上、どのくらいまで出してもらえますか」今やいい気になった萬吉は、ふんぞり返って二人の課長に訊ねた。「六万円出ませんかね」

「六万円ですか」二人の課長は、どちらも困ってしまい、頭をかかえこんだ。

「わたしの方は、五万五千円までなら出せます」と、プラスチックの方がいった。

「そのかわり、わが社は昇給率がものすごくいいのです」

「いやいや。昇給率など問題ではありません」と萬吉はいった。「今、現在、このわたしをいくらの値打ちで採用してもらえるか、それだけが問題なのです」

いかに萬吉といっても、さすがに、いい条件なら将来転職することもあるなどとはいわないぐらいの常識は持っている。

しかし萬吉のことばに感銘を受けたらしい二本鋼管の方の課長は、決然とうなずいて萬吉にいった。「よろしい。わが社では、あなたに、初任給として六万円出しましょう」

当用プラスチックの課長が、すごすごと帰って行ったあと、二本鋼管の課長は身をのり出して萬吉にいった。「さてと、これであなたは、わが社に採用が決定されたわけです。つきましては、書類作成の必要上、あなたの学業成績証明書を頂きたい」

「ははあ」萬吉は、少し困ったような表情になって訊ねた。「それはありますが、どうしても、お渡ししなくてはいけませんか」

「当然、頂かぬことには、採用できなくなります」

「そうですか。では、これをどうぞ」

萬吉がおそるおそるさし出した成績証明書をひと目眺めて、課長の顔色がさっと変った。

「な、な、なんですか、この成績は」彼は萬吉を頭ごなしに怒鳴りつけた。「四百人中三百九十八番めの成績ではありませんか。しかも、あとの二人は落第している」

萬吉は、首をすくめた。「いけなかったでしょうか」

「い、い、いけなかったかですと」課長は怒りに身をぶるぶる顫《ふる》わせながら、さらに叫んだ。「なんということだ。真面目にやったのだとしたら、うぬぼれもいいところだ。気が違っているとしか思えない。冗談でやったのなら、悪質な詐欺《さぎ》だ。おまけにこれで見ると、あんたは文学部じゃないか。文学部なら文学部と、どうして書いておかないんだ。これは詐欺だ。もちろん、採用は取り消す」課長は立ちあがった。「こんな馬鹿なことをした以上、君はもう、大会社へはぜったいに入社できないよ」

捨てぜりふとともに萬吉をじろりと睨みつけ、課長は足音荒く階段をおりていった。

萬吉は頭をかかえこんだ。

「ああ。未来を先取りしすぎた」

自分の能力に一度も疑いを持ったことのないのが、萬吉の、萬吉らしいところなのであった。

マッド社員シリーズⅡ

更利萬吉の通勤

「更利君。社長が呼んでるよ」

二十分ばかり遅刻して出勤した更利萬吉に、隣の席の家須《いえす》萬平《まんぺい》がそっとささやいた。

二十分の遅刻ぐらいは、更利萬吉にとってさほど珍しいことではない。むしろ遅刻しない時の方が珍しいといえるだろう。

更利萬吉の勤めている会社は、社員五十人ほどの、三流の商事会社である。三流であるからして、どうせろくな社員はいない。出勤時間をきちんと守っている社員などは、ほんの三、四人だ。だが、その中でさえ更利萬吉の遅刻度は群を抜いているのである。二十分ぐらいの遅刻が萬吉にとっては、まったく日常茶飯事であることも、これでおわかりいただけるだろう。

同僚から、社長が自分を呼んでいると聞かされても、だから萬吉は、よもや遅刻をたしなめられようとは思わなかったのである。

いくら三流であっても、会社である限り社長というのは、やはり、いる。そしてまた小さな会社の社長ほど威張りたがるものであることはご存じのとおり。この成田商事の社長、成田《なりた》金太郎《きんたろう》氏も、小さな坪数の事務所の中に自分の社長室というのを広くとり、ばかでかいデスクを置いてその向こうにでんと腰をすえ、威張っている。

「おはようございます。社長」萬吉が社長室へ入っていって、一礼する。「お呼びだそうで」

「ちっとも、早くないぞ」社長はじろりと萬吉を睨《にら》みつけた。

「はあ。なんでしょうか」まだ、ぴんときていない。

「また、遅刻したな」

やっと萬吉は、今日の遅刻を思い出して頭をかいた。「やあ。はっはっは。今日は電車の運が悪くて、二十分ばかり遅刻を」

「今日だけじゃない」社長は一喝した。「いつもじゃないか。昨日は一時間十二分の遅刻、おとといは三十八分の遅刻、その前の日は」社長は萬吉のタイムカードを手にして、がみがみと叱《しか》り続けた。

本来、社員の遅刻を叱るなどは社長の役ではない。しかしこの会社に限り、社長が叱らなければ他に叱る人間がいないのだからしかたがない。係長も課長も、遅刻の常習犯なのだ。

また、社長、成田金太郎は、こまかいことにひどく気を使う。つまり気が小さいのである。気が小さい人間ほど威張りたがるものである。実際に威張らなくても、威張りたい気持を常に持っている。これはどう考えても、大会社の社長たる器ではない。成田商事がいつまでも三流会社にとどまっている原因のひとつが、どうやらここにありそうだ。

ねちねち、がみがみ、ずけずけ、成田社長の叱言《こごと》は果てしなく続く。最初のうちは、うなだれておとなしく聞いていた更利萬吉の顔色が、だんだん変わってきた。持ちまえの反骨精神が、頭をもたげてきたのである。反骨精神といえば聞こえはいいが、じつはこれも自己弁護の必要から出てきたものであって、理由なき反抗と安サラリーの不満と言いわけのミックスされたものである。

「社長」萬吉はいった。「わたくし、更利萬吉は、ラッシュアワーにおける無理な通勤は、現代のサラリーマンに対して極度の疲労と、なかば心神を喪失した状態のまま仕事にとりかからせるという不合理的非合理的不条理せんずり実存主義的混沌《こんとん》の最たるものであると考える次第であります」

社長は眼をぱちくりさせた。彼はこういう改まった口調に弱いのである。大学を出ていない劣等感があるから、哲学用語がぽんぽんとび出してくると、それだけで圧倒されてしまい、相手が何を言っているのかさえ、わからなくなってしまうのだ。

萬吉はお構いなしに演説を続けた。「あの寿司づめの満員電車の騒ぎたるや、スポーツであります。あの熱気たるや、トルコ風呂であります。しかし、スポーツはスポーツとして、休日にやればよいのであります。トルコ風呂は仕事が終わってから行けばよいのであります。そうすればスペシャルもしてくれるのでありまして」だんだん、言うことが無茶苦茶になってきた。

「じゃあ、君はいったい、どうすればいいというのだね」社長が、おそるおそる訊《たず》ねた。「時差出勤させろとでもいうのかね」

「時差出勤なんて、他の会社ではすでにやっています」萬吉は一言のもとにそういった。

「そんなものは、なまぬるい。未来に生きるべき企業は、すべからく未来を先取りすべきであります」

「ほほう。未来では、遅刻は自由だというのかね」社長が嫌味たっぷりにそういった。

「いいえ。遅刻どころか、そもそも出勤する必要がなくなるのです」

「ははあ」社長は眼を丸くした。「そりゃまたいったい、どうして」

「未来では、通勤ということがなくなるのです。家庭の中がオフィスになるんです。ビジネスは、会社のコントロール・センターにある親機と直結された端末コンピューター、それに、テレビ電話だけで、用が足りてしまうのです」

「冗談じゃない」社長は笑った。「女房子供がぎゃあぎゃあとうるさく騒ぐ家庭の中で、仕事なんか、できるもんか。それこそ公私混同だ」

「公私混同こそ未来的思考なのですがね」萬吉はにやりと笑い、社長をやりこめたつもりで鼻をうごめかした。「しかし未来にだってあなたのように保守的な考え方をする人はいることでしょう。そういう人はマンションの部屋をふたつ借りて、ひとつを家庭用、ひとつをビジネス用に使えばいいのです。つまり、隣りの部屋とか、廊下をはさんだ向かい側の部屋とかへ出勤すればいいわけです。それでもいやだというなら、家から歩いて行けるところへオフィスを持てばよろしい。歩道がコンベアー・ロードになっていますから、立っているだけで行けます。昼飯だって、家へ食べに帰れます」萬吉は、べらべらと喋《しゃべ》り続けた。

あっけにとられて、しばらくは茫然《ぼうぜん》と萬吉のおしゃべりを聞いていた社長は、やがてかぶりを振って言った。「そんなことは、夢だ。話としては面白いがね」

「どうしてです」と、萬吉は突っかかるように訊ねた。

「コンピューターは、まだそこまで発達していない。テレビ電話だって、そこまで普及していない。だいいち、わが社の社員がマンションのふた部屋を借りるほど経済力はないはずだし」と、社長はいった。

「それはだから、サラリーが安過ぎるんです」萬吉はふたたび勢いこんでそういった。「テレビ電話がなくても、電話があります。現在だって、仕事のうちの半分以上は電話だけで用が足りてしまうじゃありませんか。だからずっと家にいて、あちこちへ電話をかけるだけでも、仕事にはなるはずなんです」

「だって君の家には、その電話だってないじゃないか」

「近所に、公衆電話があります」

社長は嘆息した。「まあいい。そんなにいうのなら、その君のいう家庭イコール事務所というのを、君、実験的にやってみなさい。どういう結果になるか、とっくりと拝見しようじゃないか。さっそく明日から、自宅で仕事をやりなさい。出勤の必要はない」

前回のこのシリーズを読まれたかたは、更利萬吉が下町の荒物屋の二階に下宿していたことをご存じであろう。サラリーマンになった萬吉は、あいかわらずここにいるのである。

さて、総務課へ勤めている萬吉は、その日、帳簿や、営業日報や、統計用紙や、労災保険の申込用紙や、失業保険の申込用紙など、自宅で仕事するための書類を山とかかえて退社し、荒物屋の二階の自分の部屋へ戻ってきた。部屋の中は汚れたシャツや靴下、食べ残しのラーメンがそのままの丼鉢《どんぶりばち》、週刊誌などがいっぱいに散らばっていて、足のふみ場もないくらいで、ここで会社の仕事をしようというのだからどだい無茶な話である。

部屋の隅の机の上にあるものを、どさどさと畳の上へ押し落とし、書類の山をどっかりと置いた萬吉、さて、これでいよいよ明日からは遅刻を気にせず朝寝坊できるぞと、にんまり笑った。

翌朝、望みどおりたっぷりと寝た萬吉は、昼過ぎになってやっとのそのそ起きあがり、仕事にとりかかった。

書類の整理をはじめてすぐ、萬吉はペンとインキがないことに気がついた。大学卒業後、万年筆が壊れてから新しいのを買っていなかったし、だからインキもない。あわてて文房具店へ買いに出かけた。思いがけぬ出費だが、こんなものは会社へ請求すればよい。

ところがそれからも、不足の事務用品が次つぎに出てきた。吸取紙《すいとりがみ》がない。消しゴムやインキ消しがない。電気鉛筆削りがないから、いちいち出刃包丁で削らなければならない。糊《のり》がない。ホッチキスがない。クリップがない。輪ゴムがない。封筒がない。萬吉はそのたびに、大あわてで文房具店へ駆けつけた。出費はついに千八百五十円に達した。

書類を作りはじめると、たちまちわからないことにぶつかった。新米社員のことだから、わからないことはいっぱいある。会社なら前の席の課長に訊ねることができるのだが、自宅でやっている関係上、いちいち大通りのタバコ屋にある公衆電話まで走らなければならない。電話の回数が二十三回である。萬吉は文房具店とタバコ屋への往復だけでふらふらになってしまった。

さて、いよいよ保険の申込書を数十通作ったところで、またもや難関にぶつかってしまった。会社の印鑑がないのである。萬吉はしかたなく、会社まで印鑑を貰《もら》いに出かけた。

「なんだ。家で仕事してたんじゃ、なかったのか」課長や課員たちが、にやにや笑いながら萬吉を眺めていった。

「いえ。印鑑を貰いにきただけです」くたくたではあるが、萬吉は意地をはってことさらに涼しい顔を作り、平然としてそういった。

「あんまり、意地をはらない方がいいぜ」気の弱い同僚の家須萬平が、そっと萬吉にささやいた。

「おれは未来を先取りしている」と、萬吉は大声で答えた。「パイオニアに、苦労はつきものだ。へこたれんぞ」

また電車に揺られ、下宿へ戻って書類を封書にすると、こんどはそれを郵便局まで出しに行かなければならない。会社なら、雑用係の女の子がやってくれるのだが、そんな人間はいないから、萬吉が自分で出しにいかなければならない。

戻ってきて、統計用紙をひろげ、萬吉は会社から自分のソロバンを持って帰るのを忘れたことに気がついた。こればかりは近所の文房具店で買うわけにはいかない。自分のソロバンでないと、使い馴《な》れていないから間違うわけである。また、会社へ出かけた。

さっき郵送した書類が、すべて書留速達だったため、たいへんな金がかかり、萬吉の所持金は残すところわずか二十円である。これでは晩飯が食えない。会社で仮払いしてもらう必要もあった。

経理課で、やっと千円仮受けし、自分のソロバンひっつかんで会社の階段を駆けおりようとして萬吉は、足をふみはずした。一日中走りまわっていたため、足が棒のようになり、思うように動かなくなっていたのだ。

萬吉は階段の踊り場に転落した。

ソロバンが壊れ、タマがとび散った。

腰を押え、ウーウー呻《うめ》いていると、階段をのぼってきた社長がにやりと笑って萬吉に訊ねた。

「どうした。未来を先取りしてるんじゃ、なかったのかね」

萬吉は目を白黒させながら返事した。

「いいえ。足をとられました」

マッド社員シリーズⅢ

更利萬吉の秘書

その日、更利萬吉が課長から言いつかった用で、書類に判を貰《もら》うため社長室へ入って行こうとすると、だしぬけにドアが中から開き、美人の社長秘書である真紀子が、わあわあ泣きながらとび出してきて、廊下をトイレの方へ走り去った。

なにごとか。

萬吉がおそるおそる社長室へ入っていくと、そこでは社長が、いつ会社へやってきたのか鬼のごとき形相《ぎょうそう》の社長夫人に首根っこを押さえつけられ、机の上で巨大な夫人の尻《しり》の下敷きになり、泣きわめいていた。「た、た、助けてくれ。許してくれ」

「いいえ、許しません。こんどこそ許しません。殺します」

むろん夫人がほんとに社長を殺したりする筈《はず》はないが、その時の彼女の怒りかたは、あるいは本気かもしれぬと思わせる激しさだった。充血した眼は三角につりあがり、小鼻が顔からはみ出すほど広がり、唇がぶるぶると顫《ふる》えている。

「ま、ま、奥さん、気を鎮めて」萬吉はあわてて駆け寄った。「気を鎮めてください。いったい、どうしたっていうんです」

「ああら、更利さん、まあ、聞いてくださいよ」社員の見ている前でそれ以上夫をいためつけては、社長としての権威が失墜すると、さすがにそう判断したのだろう。夫人は社長の首っ玉から手をはなし、ワッと泣きながら萬吉に訴えかけた。

「これでもう、秘書に手を出すの、六度めなんですのよ。まったく、油断も隙もないんですから。今日だってわたしが、突然会社へやってきて、そっとこの部屋を覗《のぞ》くと、まあ、あんのじょう、あの若い娘を膝《ひざ》の上に乗せて、でれりと眼尻を下げて、いい歳をしてチュッチュクチュなんですからね」

「ははあ。チュッチュクチュですか」やる方もやる方だが、覗く方も覗く方だ、と、萬吉は思った。もちろん、社長夫妻の前でそんなことは言わない。「しかしまあ、今日のところはこの私に免じて、許してあげてください。あのとおり、社長も後悔しているようですから」

後悔どころではなく、夫人の強い力で首を絞めつけられた社長はなかば失神状態、ぐったりとして机に俯伏《うつぶ》せている。

「そうですか。更利さんがそうまでおっしゃってくださるのなら、今日のところは許してやってもいいのですが」と、夫人はいった。

「そのかわり、条件があります」

「ははあ、条件」萬吉は目をしばたたいた。

「どんな条件でしょう」

「あの娘をクビにしてください」

「えっ。クビですか。さあ。それは、私の一存ではどうにも……」

萬吉が困っていると、夫人はふたたび社長の方へつかつかと歩み寄り、肝をつぶしてひいと叫び逃げようとする社長の髪をぐいとつかんで叫んだ。

「あなた。あの娘をクビにするのよ。わかったわね。あなたったら」

「は、はいっ。わかりました」

ごつん、と、社長の額を机に叩《たた》きつけ、夫人はぽんぽんと手を叩いて塵《ちり》を払い、萬吉にいった。

「もうひとつ、条件があります」

「えっ。まだあるのですか」

「まだあるのかとはなんです。あなたに免じて許してやる以上、あなたが責任を持って、今後主人を監視してください。二度とこんなことがあったら、こんどはあなたも、ただではおきませんよ」

ぐいと自分を睨《にら》みつけた社長夫人のすさまじい表情に、萬吉はふるえあがり、あやうく失禁するところだった。

社長夫人が帰っていったあと、萬吉は嘆息しながら社長にいった。「困りますね社長。会社では言行をつつしんでもらわないと」

「わしゃ、自分ではどうにもならんのだ」社長も、吐息をつきながら答えた。「新しい美人秘書がくるたびに、ついふらふらとして、手を出してしまう」

「悪い癖だ」萬吉は苦笑した。「いっそのこと、秘書を男性にしたらどうですか。あるいは、とても女とは思えないような、不細工な女を秘書にしたら」

「いかん、いかん」社長は大きくかぶりを振った。「男の秘書や、不細工な女を秘書にするくらいなら、いっそ、ない方がいい。それこそ、わしが女房の尻に敷かれていることがばれ、来客に会社の見識を疑われる」

小さな会社の社長のくせに、虚栄心だけは強い。

「大学の秘書学科の卒業生は、みんな才媛ばかりだ。そして不美人はひとりもいない」と、社長はいった。「不美人などを雇ってみろ。高給を支払う能力のない会社だと思われるぞ」

「なるほど。それはそうかもしれませんな」萬吉は、しばらく考えていたが、やがて目を輝かせ、ぽんと手を打った。「では、こうしましょう」

「よし、じゃあ、そうしよう」

「まだ何も言っていません」

「ああそうか」

萬吉の軽薄さが、最近は社長にもうつったようである。

「ロボット秘書を使えばいいでしょう」

「また、お得意の、未来の先取りというやつが始まったな。ロボットなんて、まだどこにもないだろう」社長は笑った。

「友人に、理工学部出の科学者がいます」萬吉は熱心にいった。「皆からは気ちがい《マッド・サイエ》科学者《ンティスト》といわれていますが、この男はじつはたいへんな才能を持っているのです。いちど、その男に相談してみましょう」

社長は、あまり気のりのせぬようすで、しぶしぶうなずいた。「まあいい。秘書のことは君にまかせよう」

一週間ほどのち、大型のテープ・レコーダーほどの大きさの機械をかかえ、萬吉が社長室へ入ってきた。「社長。できました」

「何ができたのかね」

「ロボット秘書ですよ、例の」

「えっ。もうできたのか。しかしこいつは、どうもロボットという姿じゃないなあ」

「そりゃあ、機能本位に作られていますからね。そうです。その、機能ということこそだいじなんですよ」例によって萬吉が、お得意の演説をぶちはじめた。「最近の大学出の美人秘書というのは、事務や雑務をいやがります。来客の接待、社長の相談相手、昼食会のお供、そういったことばかりやりたがります。最近では秘書本来の仕事というのが、ついお留守になってしまい、むしろ女房的、二号さん的、若い恋人的、老いらくの恋的なムードになってしまっています。そこで社長もつい手を出そうとしてしまう」

「まあまあ、演説はそれくらいでよろしい」萬吉の声がだんだん大きくなってきたので、社長があわてて制した。「そんなことより、この機械の説明をしてくれんか」

「この機械はですね、秘書本来の仕事を機能的にやる上、社長に対しても献身的に尽くします。まず、こいつはリモコンで作動します」

「なるほど。アンテナがついているな」

「こっちのリモコン・スイッチを押せば、傍へやってきます。このマイクは、テープ・レコーダーのマイクです。また、この赤いボタンを押しますと、音声タイプになります。喋《しゃべ》ったとおりのことが、タイプされてこっちから出てくるのです。この部分を電話に接続しますと、留守中にかかってきた電話をテープに録音しておいてくれます。そして、うしろ側にあるのが計算機です」

「ほほう。ちょっとした、コンピューターだな」社長はだんだん夢中になってきて、身を乗り出した。

「この白いボタンを押しますと、ほら、ここからタバコがとび出します。シガレット・ケースです。百本ほど入っています。この黒いボタンを押しますと、ここのライターに火がつきます。それだけじゃありません。こいつは移動する時、その部分の床の掃除をするのです。つまり裏側が真空掃除機になっているのです。だから暇な時には、こいつを勝手に、床や机の上を走りまわらせておけばよろしい。きれいになります。また、胴体の横にあるこの穴にボールを入れますと、ほら、まっすぐにはじき返します。つまり、社長の室内ゴルフのお相手もできるのです」

「ははあ、こいつは便利だ」社長は嬉《うれ》しそうに笑った。「君の友人というのは、たいへんな天才のようだな。で、この機械はいくらで譲ってもらえるのかね」

「試作品だから、金はいらないそうです」

「それはありがたい。もしこいつを大量生産できたら、ぜひわが社で扱わせてほしいものだ。百万円か、二百万円で売れるかね」

「さあそれは少し無理でしょう。一千万円近くになると思いますが。まあ、とにかく使ってみて、使い心地をあとで教えてください」

「うん。そうしよう。ありがとう」

それから三日後、使い心地を訊《たず》ねるため、萬吉が社長室を訪れると、ちょうど社長は留守で、デスクの上にはあの秘書機械が、電話と接続されて置かれていた。留守中にかかってきた電話を、内蔵されたテープに録音するためであろう。

そこへ、社長夫人がやってきた。「偵察に来たんだけど、主人はいないの」

「はい。外出のごようすです」と、萬吉は答えた。

「まあ」夫人は油断のない目つきで、じろりと萬吉を睨みつけた。「きっと、新しく雇った美人の秘書といっしょに出かけたんでしょ」

「いいえ」萬吉は快心の笑みを浮かべた。「その点はご心配なく。あれ以来、秘書は雇っておりません」

「ほんと」夫人は疑わしげに萬吉を眺めた。

「でも、それなら秘書の仕事は誰がやってるの」

「この機械です」萬吉は秘書機械をぽんと叩いた。「この精巧な機械が、秘書のほとんどの役目を果たすのです」

「ふん。そんな小さなものが」夫人は軽蔑《けいべつ》したように機械を見て、鼻を鳴らした。

「とても信じられないわ」

「ほんとです。たとえば今、この機械は、社長のお留守の電話番をしているのです。外部からかかってきた電話を、全部録音してしまうのです。どんな電話が留守中にかかってきているか、ちょっと再生してみましょう」萬吉は黄色いボタンを押した。

機械の前部のスピーカーから、なまめかしい女の声が流れはじめた。

「ああら、社長さん、お留守なの。残念だわ。お声が聞きたかったんだけど。でも、いいわ。それじゃ、用事だけ言わせてもらいますけど、わたし、ラボールの恒美なの。このあいだはどうも。ふふふふふ。こんな大きい、百三十万もするダイヤ買ってもらっちゃって、どうも。ほんとに感謝してるわ。社長さん大好きよ。男らしいし、若々しいし、それにいつも、例のホテルのベッドじゃ、とても激しいし……。ふふ、ふふふふふ。でもね、バーのお勘定は、申しわけないけど、それと別なのよ。だって、ママの手前もあるでしょう。それでねえ、四十万ほどたまっちゃってるの。できたら今夜、持ってきていただけないかしら。そしたらわたし、また思いっきりサービスしちゃうから。ひと晩中つきあってもいいわよ。お待ちしてますわ。きっと来てね。じゃあ、バイバイ」

がちゃん、と、電話の切れる音――。

更利萬吉がそのあと社長の身代わりに、社長夫人からどれだけ痛めつけられたかは、読者の想像におまかせする。

マッド社員シリーズⅣ

更利萬吉の会議

「なんだ。キミひとりか」会議室へ入ってきた社長が、不機嫌そうにつぶやいた。

「はい、社長」

と家須萬平が答えた。

午後一時から始まるはずの総務部会、一時十分過ぎになっても、会議室へ集まったのは社長と家須萬平のただ二人だけである。

「会議があることは、全員知っとるんだろうな」社長が声を荒げた。

「はい、社長。徹底しているはずであります」自分が怒られているわけでもないのに、気の弱い家須萬平は身をこわばらせて弁解するようにそういった。

「けしからん」社長がいらいらした口調で喋《しゃべ》りはじめた。「先週も出席したのはキミひとりだった。どういうわけだ」「ここ数カ月、わが社の扱う商品はすべて驚異的売れ行きを示した。手を拡《ひろ》げて新しく扱いはじめた商品も、すべて好調な売れ行きだ。手が足りなくなって社員を増やした。倉庫を新しく建てた。社屋も増築した。三流の商事会社であったわが社はいまや一流……とまではいかないが、まず二流の上ぐらいには飛躍した」

「はい、社長、そのとおりです」

「こういう時こそ、社内の人事、経理面をがっちりさせておかなければならんのだ。調子に乗ってどんどん事業を拡張したため倒産した会社は多い。わが社がそうなっては困るのである。だからこそ会議を開き、わしの意志を伝え、よき提案を受け入れ、今後起こり得る山のような問題について相談しようとしているのではないか」社長は激して、どんとテーブルを叩《たた》いた。

「はい、社長。そのとおりです」

小心な萬平のイエスマンぶりに、社長はますますいら立ってきて、さらに演説を続けようとしたものの、萬平ひとりを相手にいくら喋っても何にもならぬことに気がつき、鼻の頭を掻《か》いた。「ふん。更利萬吉の演説癖がわしにも感染したらしいな。そういえばあいつも欠席しとる。キミ、更利がどこにいるか知らんか」

「はい。向かいの更科で、ざるそばを食べているはずです」

「これはけしからん。昼食時間はもう過ぎておるんだぞ。会議をさぼってそばを食いに行くとはもってのほか。キミ、すぐに呼びに行ってこい。ついでに他の連中にもすぐ来るようにいえ」

「はい、社長」家須萬平はとびあがるように立ち、会議室を出て行った。

「仕事のできないやつだけが、いつも会議に出席しやがる」社長はひとり会議室に残り、吐き捨てるようにいった。

「いつもいつも、出席するのはあの家須萬平だけだ」と舌打ちした。「実直なだけが取柄だ。あいつの顔を見ていると、むしゃくしゃしてくる」

会議に出席してこんなことを言われたのでは助からない。

社長のひとりごとなど夢にも知らぬ家須萬平は、言われたとおりおとなしく、いったん総務部へ戻って、仕事をしている連中に社長のことばを伝え、会社を出て、通りをへだてた向かいのそば屋へ入っていった。赤ら顔一面に汗をかいて二枚めのざるそばをすすりこんでいる更利萬吉を見つけた萬平は、つかつかと彼の傍らに歩み寄った。

「更利君。社長が怒ってるぞ」

「ああ、家須君か。会議に出ろっていうんだろ」

萬吉はにやりと笑い、三枚目のそばを注文した。「社長のお使いかね」

「そのとおり。首筋つかんでつれてこいという命令だ。だいたいキミは、会議があることを知ってるくせして……」

「なぜ出席しないのかというのかね。そりゃあ現在のわが社における会議の重要性ぐらいは、おれだって認識しているつもりだ」

「それなら行こう。すぐ行こう」萬平は萬吉の首筋をつかんだ。

「いま行こう」

「まあ待て、三枚めのそばがまだこない。それに、会議よりは実務の方が大切だ。仕事するためには腹が減っていてはいかん。飯ぐらいは食わせろ」

「腹よりも何よりも、社長の命令が先だ」

萬吉はつくづくと萬平の顔を眺めた。「なさけない男だな。社長の命令には絶対服従するのか」

「そのとおりだ。おれはおマエをつれてこいと社長から命令されている。だから、たとえおマエがどう言おうと、つれて行くのだ」萬平は萬吉の首筋をぐいとつかみ、無理やり立たせようとした。

「さあ、行くのだ」

「ええい。わからん男だな。人間は飯を食わないと死ぬのだぞ。会議の方が、命より大切なのか」

「そうだ。社長の命令は至上命令なのだ」

「ええい。この、馬鹿者め」萬吉は憤然として、机の上に置かれた三枚めのざるそばを、だしぬけに萬平の頭にぶちまけた。

「ひやあっ」

頭からそばを垂らして萬平がとびあがった。

「な、な、何をする」

「おマエなんかにいくら話してもわからん。ようし、社長に思いっきり、ことの道理を説き、会議のありかた、社長のハリガタ、いやハリガタではない、ありかたを教えてやる」飯を中断させられた怒りに燃え、目から憤怒の光を放ち口から炎を吐き、髪さか立てて萬吉は更科をとび出し、会社に戻ってきた。

怒りにまかせて萬吉が会議室のドアを足で蹴《け》り室内にとびこめば、そこには総務部員約十名が社長の訓示に耳を傾けている。

「社長」萬吉が叫んだ。

「な、なんだ、なんだ、何だなんだ、なんだなんだなんだ」突然演説を中断させられて、一瞬前にのめった社長は、すぐ身をたてなおし怒りに目を吊《つ》りあげ、かっと開いた真紅の口からごうと放射能を吐いてわめいた。「なぜわしの話の腰を折った。次のせりふを忘れたではないか。だいたいいままでざるそばを食っていたくせに、会議に遅れたことを詫《わ》びもせず、平気でのこのこやってきた上、大声出して会議の邪魔をするとは不届きなやつ」

「その会議のやりかたに疑問がある」

萬吉も負けじと大声はりあげ、総務部長総務課長がよせよせと目顔で合図するのも目に入らず、あべこべに社長にくってかかった。「社長。いかに重要な会議とはいえ、あなたに、われわれの仕事を中断させる権利はないはずです。ごらんなさい。総務部員全員がこの会議室に集まっている。この間、総務部のすべての仕事は完全にストップしてしまうのです。わたしとて、会議をサボろうとしてそばを食いに行ったのではない。あまりの多忙さに、昼の休みに飯が食えなかったのです。社長はわたしに飢えて死ねというのですか」

「そそ、そうは言っとらん」社長はあわててかぶりを振った。

「キミは仕事仕事というが、この会議だって、仕事のひとつなのだよ」

「もちろんです。そして社長、あなたはすべての会議に顔を出して、訓示をあたえる。たいへん結構です。仕事に熱心です。それがあなたの仕事だからです。朝から夕方まで会議がある。それに出席するのがあなたの仕事です。ところが社員の仕事は、会議だけではない」萬吉が、どんと机を叩いた。

「まるでわしが、会議以外に何もしとらんようではないか」社長も机を叩いた。

「しかし会議が好きだ。たいていの中企業の社長は会議が好きだ。それが困ります。朝から、課長会議、部長会議、総務部会、営業部会、部課長会、係長会議、総務営業連絡会議、経理報告会議、予算会議、売上報告会議、まだまだある。会議をやっていない時間というものがない。そして社員のほとんどは、これらの会議に最低三回は出席しなけりゃならん」と萬吉は机を叩いた。猛烈な勢いで叩いたため、灰皿がとびあがり、茶碗がひっくり返った。「気ちがい沙汰《ざた》だ」

「必要があるから、やっとるんだ」社長が絶叫した。「必要を認めんというのか」

「認めんとは、いっとらんです」萬吉がわめき返した。「社長の訓示には疑問があるが、これはまあ、いいことにしましょう。問題は会議のやりかたです。ひとつ部屋にこんなに大勢集まって、しかも喋っているのはそのうちのひとりだけ、他の者は自分の喋る番がまわってくるまでぼんやりしている。これは不合理であります」

「ではいったい、どうすればいいというのかね。ほかにやりかたがあるとでも」

そこまで言って、社長は絶句した。しまった、これは萬吉の思う壺《つぼ》にはまったのかもしれん、とそう思ったからである。とにかく更利萬吉は未来の先取りとか称して、突拍子もないことばかり思いつくからだ。

「いいやりかたがあります」案の定、萬吉は、にやり笑って社長にうなずきかけた。「自分の机で、それぞれの仕事を進めながら、それと同時に会議を開けばいいのです」

「そんなことができるものか」総務課長が叫んだ。「更利君。キミこそ重要な会議と、大切な時間を、もうすでに五分ほど無駄にさせとるんだぞ。でたらめはつつしみなさい」

「まあ、待ちたまえ」と、社長がいった。「更利君。わしだっていまの会議のしかたには、いささか疑問を感じとる。もしキミのいうようなことができるなら、その方法でやってもいい。しかし、どうやってそれをやるのかね」社長はそういって、ぐっと萬吉を睨《にら》みつけた。出まかせをいうと承知せんぞといった顔つきである。

ところが萬吉はうろたえず、むしろ我が意を得たりとばかり胸をはって喋りはじめた。「テレビ電話で会議をやればいいのです。すでにある種の企業ではテレビ電話によるビジネスが行なわれている。当然会議も、テレビ電話を媒介として開かれるべきです」

「会議用のテレビ電話などというものが開発されているのかね」総務部長が身をのり

出した。

「会議用としては開発されておりません。だが、テレビ・スクリーンの一部に屋外の光景が映し出されて訪問客を確かめるインターホン・テレビがすでに数万円で売り出されています。この原理を応用し、テレビ・スクリーンの画面をいくつかに区切り、出席者の顔すべてが映し出されるようにすればいいのです。これだと、テレビ・カメラとテレビ受像機を各社員の机の上にそなえつけさえすれば、いちいち全員がひとつ部屋へ集まらずにすみます。社内にいさえすれば、遅刻しなくてすみます。資料を忘れて出席し、あわてるということもありません。それぞれが自分のデスクにいるわけですから、横にちゃんと揃《そろ》っています。また、グラフや統計などを、一度に出席者全員に見せることもできるのです。つまみひとつで、各画面の大きさの比率を調節することができるからです。会議の時間、自分の席にいない者がひと目でわかりますし、ひとり、ひとりが他の人全部と向かいあっているわけで、すべての人の反応がわかる。だから居眠りもできません。出席者全員が、自分の顔を見ているからです。しぜんと会議は熱っぽくなります」

「なあるほど」またもや萬吉の口車にのせられ、社長がうなった。「そういうテレビがあるのなら、それに越したことはない。しかし社員すべてのデスクにそのテレビを設置するとなると、たいへんな金がかかりそうだなあ」

「何言ってるんです」萬吉が叫んだ。「この会議室へ缶詰になってる時間を、営業部員すべてがセールスにはげんだとしたら、百万や二百万ではきかないのですよ。数百万の設備があるだけで、会議と販路拡張が同時にできるのです。その利益は数千万、数億、いや、とても金額には換算できません」

「よろしい」社長が断を下した。「やってみよう。四百〜五百万損をしても、実験して見るだけの価値はありそうだ。そのテレビの開発を更利君、キミにまかせる」

ほんとは、こんなに話のわかる社長など、どこにもいないのである。なぜこの社長、すなわち成田金太郎氏がこんなに話がわかるかといえば、これが小説だからである。

更利萬吉が某メーカーに相談を持ちかけたこの会議用テレビは、意外に早く開発が実現した。一台数万円のテレビが百台足らず生産され、成田商事に持ちこまれ、各社員のデスクの片隅に設置された。

そして、その日の午後一時、第一回めのテレビ会議が行なわれた。

一時きっかり、社長室でボタンが押されるたびに、画面にひとつずつ出席者のデスクが映し出され、小さなスクリーンに十二人の社員の顔があらわれた。中にはまだ電話で話している者もいるし、うどんをすすりこんでいる者もいる。

「それではただいまより」と、社長がいった。「総務営業連絡会議を行なう」

「もしもし」電話にかじりついている営業部員は、まだ得意先にあやまり続けている。

「は、はい、はい。申しわけありません。早急に完全な品物と取り替えますから」

ジャーン、と、営業部長の前の電話が鳴る。増幅された音の大きさに、出席者一同がとびあがる。

「ズルズルズルズルズル」

「キミ、キミ。そのうどん、早く食ってしまってくれんかね。気になって話ができんよ」

「あのう、課長さん。四井銀行のかたが」

「ああ、いま、会議中だから、ちょっと応接室で待ってもらってくれないか」

「はい。はい。至急、善処します」

「ジャーン」

「もしもし。なんだおマエか。何、帰りに肉を買ってこいだと。馬鹿。いま、会議中だ」

「部長、書類ができました。ここに判を」

「しいっ」

「ジャーン」

「もしもし。はいはい」

「ええ、さて、本日の議題は……」

「ええと。チャーシューメン、どちら」

「ここだ。ここだ」

「そんなおマエ、泣くことないじゃないか。よしよし、悪かった。馬鹿といったのは、おれが悪かった」

「ズルズルズルズルズル」

「おいキミ。そのチャーシューメン食うの、あとにしてくれんかね」

「ジャーン」

「もしもし。はい。更利はわたしですが」

「では、経理課長、その件について報告してくれたまえ」

「はいっ。あれっ。あの資料どこへやったかな。あの、少々お待ち下さい。ええと」

「ジャーン」

あまりの騒がしさに、出席者一同、頭がガンガンしてきて気が狂いそうである。

「社長。未来の先取りとは、こんなやかましいものとは知りませんでした」

「ええっ。見学ですって」受話器を耳からはなした更利萬吉は、テレビの中の社長に大声で叫んだ。「社長。P製薬の重役連が、このテレビ会議のことを聞きつけて、見学させてほしいといってきましたが」

「よし。来てもらえ」と、社長が叫んだ。「うまく行けば新しい商品として、わが社で扱おう。いや。すぐに発注しよう。担当をすぐに決めてくれ。誰がいいかね営業課長」

もはや、会議など、そっちのけである。

「わかったよ。もう泣くな。よしよし。肉は買って帰ってやる」がしゃん。

「ええと、ハムライスはどちらです」

「おおい。ハムライス注文したの誰だ」

「ジャーン」

「騒音のことを勘定に入れなかった」

萬吉は頭をかかえた。

「会議とは、騒音から避難することに第一の目的があったのではなかっただろうか」

「言わんこっちゃない」と、家須萬平がいった。「この設備の費用、すべて無駄になっちまったんだ」

「まあ、気にするな」社長がにこにこ笑って萬吉にいった。「みんな現代人だ。すぐ、テレビ電話に馴《な》れるだろうさ」

どかどかと、見学者の一団、P製薬の重役たちが部屋に入ってきて、萬吉のデスクのテレビをのぞきこんだ。

「ほう。うまくできているねえ」

「さっそく、わが社でも使いましょうか」

「しかし、こんなにさわがしい状態で、会議ができるのだろうか」

社長になぐさめられて多少気をよくしていた更利萬吉、ここぞとばかり立ちあがって、またもや演説をはじめた。

「さわがしいぐらいが何です。会議を静かな会議室でやるなどは過去のこと。騒がしい状態こそはエントロピーの増大する状態なのであり、現代人は騒音の中でこそよりよき仕事をすることができるのであります。即ち社内をよりやかましく、活気に満ちたものにすることこそが会社の業績をのばすことでもあるのです。この会議用テレビ、わが社で扱わせてもらっています。何とぞP製薬でもこのテレビを……」

マッド社員シリーズV

更利萬吉の退職

更利萬吉にも、定年が近づいてきた。

会社を去る日を前にして、萬吉の脳裡《のうり》を去来するものは、さまざまな思い出、苦い経験、数知れぬ大失敗、そして特に、萬吉が未来の先取りと称して、お先っ走りの上調子、気ちがいじみた珍発明がまき起こした大騒動の記憶だった。

そもそも萬吉の未来の先取り精神は、就職以前からあり、それこそが彼の、入社試験ならぬ選社試験の大騒動に発展したわけである。入社してからもこのお先っ走りは、おさまるどころか、ますますひどくなり、最初の失敗は通勤の不合理なくすための自宅勤務、社長の許可を得て実験的にやってみたところが、たった一日で挫折した上、階段から転落して打撲傷のおまけがついた。

二度めの失敗は、社長の浮気封じるための新発明、すなわち秘書機械だった。これも結局は逆に社長夫人に、社長の浮気をばらすことになり、上を下への大騒ぎで終わった。

三度めは、会議用テレビ電話のひと幕。社内合理化を考えた新発明が、またもやドタバタに発展してただでさえノイローゼ気味の社員たちに、頭痛のタネふやしただけ。

ここまでは読者もご存じであろうが、ひどかったのはここから先である。

萬吉の軽薄さ、いくらたしなめても治る見込みなしと悟った社長は、せめて騒ぎを社外でやってもらおうと思いつき、それまで総務部勤務だった萬吉を、営業部に配属した。

もともとセールスには自分なりの夢があった萬吉、さあ思う存分やって売り上げふやしてやるぞと、上役同僚がへきえきするほどの、めちゃくちゃな張り切りようである。何か変なことをやらなきゃいいがという社長の心配は、ここでも不幸なことに適中したのだった。

まず萬吉は、直属上長の営業部長にこう進言した。

「商品見本やカタログなどは、もう時代おくれです。セールス用の小型投写機と、商品の説明をするカセット・フィルムだけを持って行くようにしたら、どうでしょう。未来は視覚の時代、いやもう現代だってそうです。会話だけの商談はながくなるし、やってていてちっとも面白くない。それよりは、音楽入りトーキーで、しかもカラー、商品の説明をセミ・ヌードの美人が画面にあらわれてやるCMフィルムの方が、ずっと喜ばれます。セールスをやる方にしても、自分の専門外の、たとえば機械の細部などを説明しなくてもいいわけで、ずっと楽です」

なるほど、と、営業部長が、ぽんとひざをたたいた。これがそもそも間違いのもとであった。

「それはいい考えだ。さっそくフィルムを作らせよう。そういう商品説明フィルムは、新入社員の教育にも役立つ上、各種学校の教材用として貸し出すこともできる」

広告代理店に発注して作らせたこのフィルムは、最初のうちセールス用として大いに役立った。得意先の人たちも、セールスマンが投写機片手にぶらさげてあらわれると、喜ぶようになった。むろん、セミ・ヌードの美人が見られるためである。商品も、いままでよりはよく売れるようになった。

だが、コトがうまく運んだのも、ここまで。

だしぬけに会社へ、警察がやってきてフィルムを押収してしまったのである。社長は警察に呼び出され、営業部員も全員、きびしい取り調べを受けた。

商品フィルムだけでは得意先の人たちが喜ばなくなり、萬吉の発案でこれにブルー・フィルムを挿入したためである。猥褻物陳列罪《わいせつぶつちんれつざい》だというので、会社は警察から大目玉をくらい、売り上げ数カ月分が吹っとぶほどの罰金をとられた上、かわいそうに、萬吉はじめ数人の営業部員が数日間のブタバコ入り、しかも迷惑のかかった得意先との取り引きが半分がた減ったため、会社は大損害をこうむることになったのである。

事件が落着してから、萬吉はふたたび社内勤務にまわされた。

社外で問題を起こすよりは、まだしも、どんな騒ぎだろうが社内だけにとどめてもらった方が無難ではないかという、これも社長の判断である。

ふたたび総務部に舞い戻った萬吉の、最初に与えられた仕事は、新入社員の教育であった。

萬吉も、このころにはすでに三十歳、中堅社員になっていた。中堅社員といったところで、要するにそれは年齢の上だけであって、何らかの実績があったというわけではない。ただ、結婚し、子供もでき、押し出しだけは立派であった。それに、失敗が多いとはいうものの、いうことだけはなかなか論理的であって、持ちまえのドラ声はりあげれば説得力もあり、他に適任者のいないところから、この厄介な任務を押しつけられたわけである。

将来の会社を背負って立つ新入社員の教育とあって、またもや萬吉は大はりきり。

どうも萬吉がはりきると、ろくな結果にはならないのだが、本人にしてみればそうは思わないから困る。

「ただ、必要な知識を短期間でつめこむというだけではだめだ」萬吉はそう考えた。

「これには各専門家の知識が必要である」

さっそく萬吉がつれてきたのは、心理学者、精神分析医、脳外科医、薬学士、コンピューターの技師、さらには催眠術師などというえたいのしれぬ連中。いずれも萬吉が簡単に寄せ集めてきた人間たちだから、どうせ二流以下の、それもどうやらインチキ臭いのばかりである。この連中をずらり並ばせ、萬吉はさっそく新入社員三十五名の前で演説をはじめた。

「各職種が特殊専門化された現在、いままでの社員教育のごとく、会社に関する知識を教えるだけという、なまぬるい教育をやるつもりはない。まずわたしは、諸君の適性検査をやり、それぞれの特異能力をさらに開発するため、前意識、無意識に及ぶ深層心理にまで手を加え、勤労意欲や自信のパワー・アップさえ行なうつもりであるから、諸君もそのつもりでいてもらいたい。このためあらゆる教育手段を動員する。つまり教育用コンピューター、催眠術、脳波検査機、電気ショック、睡眠暗示テープ、薬品などであって……」

おどろいたのは三十五人の新入社員。

こんなおかしな、気ちがいじみた連中に、からだや頭の中を変にいじりまわされてはたまらない。いのちあってのものだねとばかり、その日のうちに十人ぐらいが会社をやめてしまった。

これを知っておどろいた総務部長が、何をやるつもりだと萬吉に問いただし、あまり無茶をやるなと忠告したものの、萬吉はいっこうに平気である。

「やめたのは、どうせ役に立たない根性のない連中です。まあ、わたしにまかせておいてください」ぽんと胸を叩《たた》いた。「人間の多くの脳細胞や潜在意識は、その人間の一生のうち、一度も役に立つことなく、無駄に埋もれてしまうのです。わたしはそれらの大部分を眼ざめさせ、活用させようというわけです。どこがいけませんか」

大上段に振りかぶられては、総務部長も何ともいえない。また何かどえらい騒ぎが起こるのではないかという悪い予感はしたものの、まあ、あまりやり過ぎちゃいかんぞと注意するだけにとどめたのだが、この予感はもののみごとに適中した。

新入社員の訓練がはじまるや否や、まず電気ショックで気絶する者が続出、さらに催眠術をかけられたままでもとに戻らず、夢遊病のごとく催眠状態で社内をふらふらさまよい歩いた末、いったいどんな暗示をかけられたか、重要書類へインキをぶちまける者、踊りながら社長室へ駆けこむ者、ビルの窓からとび降りようとする者、中にはそのまま町へ出て行って戻らぬ者まで出てきて、たちまち会社中が大騒動。

これがやっとおさまると、こんどは薬の中毒でラリる者続出、次いで脳下垂体注射された連中が、ズボンずり下げ勃起《ぼっき》した陰茎剝《む》き出しにして女子社員に襲いかかりオフィス全体が悲鳴と怒号と泣き声で満ちあふれた。

そして、ついに発狂者が出た。これは教育用コンピューターと称する機械に連結されて脳へ電流通されたやつ、ぴょんと踊りあがると、そのままげらげら笑い出し、いそいで精神病院へかつぎこまれたが、二度とふたたびもとに戻らなかったというからひどいものである。

かくして萬吉の新入社員教育、またも悲惨な失敗に終わってしまった。

社長はつくづくあきれ果て、以後の萬吉の取り扱いに困って頭をかかえこんだ。クビにしたりすると萬吉のことだから、何をやり出すかわかったものではないし、労働組合がうるさい。いっそのこと地味な仕事なら、まかりまちがっても騒動にはなるまいと、社員食堂の管理を命じることにした。

これがまたまた間違いのもと。

ここで萬吉が考案したのは、いわずと知れた自動調理機である。（だいたい、ドタ

バタにはたいていこの機械が登場する）

この萬吉発案による自動調理機というのは、ベルト・コンベアに乗って、片方の機械から出てきた各種の料理が、そのままもう一方の機械の中へ吸い込まれて行くというもので、社員はこのベルト・コンベアの両側に腰かけ、前を通過して行く料理の中から好きなものを選んで食べることができる。いわば、取りに立たなくてもよいバイキング料理だった。

アイデアはよかったのだが、モノごとというのは、なかなかアイデアどおりにはいかないものである。

まず最初の失敗は、コンベアのスピードが速過ぎたことである。少し速いぐらいならまだいいのだが、モーターの故障で、皆が食べているうちにしだいに速くなってあれよあれよという間にたちまち時速一〇〇キロ、皿はとぶわ、飯粒が天井一面にへばりつくわ、フォークが人間の眼球めがけてとんでくるわ、女子社員がスープで顔一面大やけどをするわ、肉団子が壁にどんぴしゃりとへばりつくわ、たちまち社員食堂は阿鼻叫喚の巷《ちまた》となった。

それだけではない。この自動調理機には、食べ残したものを一度分解し、ふたたび別の料理として合成するという特殊な機能があった。かくして社員たちは、スパゲテイの寿司、ハンバーグ入り味噌汁《みそしる》、漬け物の天ぷら、うどんのコロッケなどという珍妙なものを食わされることになり、時には食器の破片やナイフのフライなどで大怪我《おおけが》をしたりした末、とうとうある日、社員全員が猛烈な食中毒を起こして、就業不能に陥ってしまった。

ここに至って萬吉、ついに食堂管理をやめさせられた上、一カ月間の休職を命じられたのである。

ちょっと思い出すだけでも、これだけの失敗をしている。全部思い出せば優に失敗回数は五万を越すことであろう。

萬吉はいまさらのように嘆息した。

よくまあ、これだけ失敗を続け、いままでクビにならなかったものだ、と、そう思った。定年になったいま、萬吉は自分の軽薄さを、やっと自覚できるようになったわけである。

あと数日で、自分はこの会社を去らなければならない。それから、どうやって生活するか。そう考えると萬吉は、ちょっと憂鬱《ゆううつ》になった。

しかし、もともと楽天的な萬吉、すぐに気をとりなおした。

「そうだ。これだけ人間の寿命がのびている現在、もはや退職後の人生すなわちレジャーだけではないのだ。おれも退職後は、第二の人生へと踏み出さねばならないぞ。では、どんなことをすればよいだろうか。ますますテクノロジーの蔓延《まんえん》する社会で、特に要求されるものは何か。そうだ。それはすなわち、人生経験のゆたかな相談役、それも人事関係のアドバイザーであろう。いろいろな経験をした人間、すなわちこのおれのように、数多くの失敗をした人間こそ、その役にもっとも適しているのだ。そうとも。心配することはない。このおれなどは、退職後も、相談役としてあちこちから引っぱり凧《だこ》であろう。そうだ。そうにきまっている」

うぬぼれの強さだけは他に類を見ぬ萬吉、そう結論に達すると、もはや不安はなく、かくて心安らかに定年退職の日をむかえたのである。

その日、萬吉の定年退職を祝って社員全員が、盛大な拍手と歓声、それに万歳で彼を見送った。

社員たちにしてみれば、萬吉が会社を去るので胸をなでおろし、嬉《うれ》しがって歓声をあげているわけだが、本人はむろんそうは思わず、心から名残《なご》りを惜しんでくれているると思って、やはりおれにはこれだけ人気があったのかといい気分で自己満足し、数百万円の退職金をポケットに、意気揚々と会社のビルを出た。

その翌日からは萬吉、自分を相談役として迎えたいという話が、今日はくるか明日はくるかと自宅で待ち続けたものの、もちろんそんなもの、くるわけがない。

これはうっかりしていた、宣伝しないことには、誰もおれという重要な人材が存在することを知りようがないではないか、そう思った萬吉、さっそく新聞に求職広告を出した。人材バンクの存在を知らぬでもなかったが、自分を貴重な人材と思いこんでいる萬吉だから、他の連中といっしょくたにされるのはプライドが許さない。

新聞広告の反響も、まったくなかった。そのうちに、退職金も残り少なくなってきた。長年苦労させた妻に、着物を買ってやったり、大学生の次男に車を買ってやったりしたからである。

これはいかん、と、萬吉は思った。世間の連中はどうやら、おれがいかに経験豊富な人物であるかということを知らないらしい。よろしい、ではひとつ、おれの伝記を書いて発表すれば、みんな驚くだろう。そしておれという人間を再認識するだろう。善はいそげ、さっそく書いてやろう。

思い立った日から、さっそく原稿にとり組んだ萬吉、たった数週間で書きおろした数百枚を自費で出版し、あちこちに配布した。

意外にもこの本は、大好評を博した。

といっても、萬吉の才能が高く評価されたというわけではない。読んだ人たちは、いずれも、萬吉の失敗談のおかしさに、腹をかかえて笑いころげたのである。

萬吉を、相談役として迎えにくる人こそなかったものの、この本のことは人の口から口へと伝わり、面白そうだというので本を手に入れて読んだ某出版社の重役が、版を改めて出したいと、萬吉のところへ頼みにきたのである。萬吉はむろん承知した。

この本は、伝記としては扱われず、荒唐無稽のユーモア文学として宣伝され、たちまちのうちにベスト・セラーになってしまった。

それからというもの、萬吉への原稿依頼はひっきりなし。もっと失敗談をやってくれというので、萬吉は意に反して自分の失敗談ばかりを次つぎと書かざるを得なくなり、しまいには話を面白くするため、嘘《うそ》を混じえたり、話をまるごとでっちあげたり、しだいに語り口も巧みになって、人気は上昇するばかりである。まったく世の中というのは、思いどおりにいかないもの、萬吉、気に染まぬながらも自分の失敗を自分で天下に公表し続けているうち、思いもかけずいつの間にか、ユーモア文学の大御所として天下にその名を知られていたのである。

佐藤栄作とノーベル賞
——故・柳家つばめに捧ぐ

相変らずのドタバタでございますが、今回はお好みによりまして「佐藤栄作とノーベル賞」。しばらくおつきあい願います。

「初鰹《はつがつお》女房に小一年《こいちねん》言われ」などと申しまして、貧乏人が不似合いなことをすると、どうもろくなことがありません。世の中には似合うものもありますが、またぜんぜん似合わないものもありますな。猫に小判豚に真珠、めくらに提灯《ちょうちん》いざりに雪駄《せった》、はき溜《だ》めにツル便所に神棚、泥棒に追い銭佐藤栄作にノーベル賞とまあおよそこんな不似合いなものもございません。これだけ言やあご本人ちったあ貰《もら》う気をなくすかというと、まったくそんなことはないようでして。

ノーベル平和賞を佐藤さんが貰うというニュース、この平和賞の選考はノルウェーでやったわけですが、日本でこれをいちばん先に知りましたのはノルウェーから佐藤さんへの通知を受けとった電報局の人でもなければ、日本にあるノルウェー大使館の人でもない。ノルウェーに駐在の支局員を置いているある新聞社の東京本社の政治部記者。

「アーもしもし、こちら政治部。何。ノーベル賞の受賞者が決ったって。そういうことはね君、学芸部の方へ電話してよ。ここは政治部ですよ政治部。え。佐藤栄作。はて佐藤栄作ってひとは知らないなあ。それはいったいどこの大学の……え、前総理の佐藤……ああ、そういうひと、いたいた。あのヤキイモの好きな、ふんふん、あの佐藤栄作。で、あのひとが、え、ノーベル平和賞。本当かねえ君。それ、もしかしたらよく似た名前の、別の賞じゃないか。ターベル賞とかスーベル賞とか。え、間違いないって。世の中には不思議なことがあるもんだなあ。うん。じゃあさっそく、佐藤さんに電話してみよう。アーもしもし、前総理大臣の佐藤栄作さんのお宅ですか」

「はいはい。わたくし佐藤の家内でございますが。え。主人にノーベル賞。まあ。ノーベル平和賞でございますか。あの、それ何かのお間違いじゃございません。サーベル賞とかケーブル賞とか」

似たようなことを言っております。

「はいはい。それじゃあの、夜中のことで主人はいま寝ております。すぐ起しますからちょっとお待ちになって。ちょっと、あんた、お起きなさいよ。栄作さん、栄ちゃん。栄ちゃんったら」

「うーんむにゃむにゃ。いひひひひひひ」

「まあいやらしい。にたにた笑って。きっと柳橋の力弥か新橋のまり千代の夢でも見てるんだわ。ねえ、起きなさいよ」

「うひひひひひ。ノーベル平和賞。むにゃむにゃ」

「まあ、あきれた。ノーベル平和賞の夢見てるわ。あの、もしもし、わかりました」

「え、わかったって、何がわかったんですか」

「そんな筈《はず》ないと思ったんですがやっぱり、ノーベル平和賞を貰ったというのは、どうやら主人の夢の中のことらしいんでございますのよ」

「ははあ。わたしも実は、どうもありそうにない話だと思っていたんですが、するとやっぱりこれは夢でしたか」

「そうなんですよ。まー新聞社までお騒がせして、本当に申しわけありません」

「いいえ。どういたしまして」

と、電話をいったん切ったもののこの新聞記者、どうして佐藤さんの夢を自分が一緒になって見ているのか、さっぱりわけがわかりません。念のためにこのひと、社会党のある議員先生に電話をいたします。

「アーもしもし」

「アーもすもす。何じゃねこのま夜中に」

「あっ先生ですか。実は先生、今、前総理の佐藤さんがノーベル平和賞を受賞したというニュースが入ったんですが、これがどうやら佐藤さんの夢の中での出来ごとらしいんです。で、先生はこれをどうお考えになりますか」

「ああ。そりゃそうじゃろうとも。そんな馬鹿なこと、あるわけねえからな。そんなことがあったら石《いす》が流れて木が沈《すず》み、比丘尼《びくぬ》の頭に高島田《たかすまだ》、西《にす》から日が出て東《ひがす》へ沈《すず》み、寺から里へ納豆味噌《みそ》、雄猫仔猫《こねこ》を生んで枯木に花が咲き、いり豆が生えて石《いす》の橋《はす》が腐る」

「なんだかよくわかりませんが」

「佐藤君の夢に違《つが》いないといっとるんじゃ」

「そうするとですな、どうもここのところがよくわからんのですが、佐藤さんが見ているのと同じ夢を、どうしてわたしが見ているんですか」

「佐藤君がみんなを、自分《ずぶん》の夢の中へ巻きこんだのでねえかな。人間の一念《いつねん》つうのは凝り固まると恐ろすいもんで、たまさかコーエン教授の爆弾発言があって佐藤君また男を下げたばかりじゃから、この辺で勲章をひとつ欲《ほ》すい欲すいと思う気持《きもつ》がノーベル平和賞の夢になり、その夢が念力ゆえに全世界を包んだ」

「ははあ。すると現在、世界中のひとが佐藤さんの夢に巻き込まれているわけで」

「佐藤君の内宇宙《インナー・スペース》が、世界を包んどるのじゃよ」

「そいつは大変だ。で、その夢から醒《さ》める方法というのは」

「そりゃま、佐藤君が眼を醒ませばええわけだ」

「じゃ、さっそく起して貰いますか」

「待てまて。夢を見とる人間を急に起すと、魂《たますい》が肉体から抜け出たまま戻ってこねえというし、佐藤君の魂《たますい》がすでに全世界を包んどるとすると、これは起すと大層具合の悪いことが起るな」

「死にますか」

「死《す》ぬかもすれん。死《す》んでくれればいいが、死《す》ななかった場合、全世界が永久に佐藤君の内宇宙《インナー・スペース》に呑《の》み込まれたままになる」

「そりゃあ、えらいことだ」

どうしたらよかろうと騒いでおりますうちに、ノルウェーから佐藤さんの家へも受賞の電報が入る、朝になってノルウェー大使館からも人がやってくる。ところが佐藤さん、まだ眼を醒まさない。

「いや、どうも。むにゃむにゃ。まことに光栄で。むにゃむにゃ」

夢の中で挨拶しております。

一方新聞社の方には、ノーベル賞の他の部門の受賞が決定したという電話が次から次へと入ります。

「もしもし。えーこちらスエーデン支局ですが、ただいま化学賞の受賞者が決定いたしました」

「誰だい」

「これはギリシャのひとで、エクスタシス・オルガスムス・オナニスという人です」

「何の研究をしているひと」

「化学繊維製品の研究者です」

「何を発明したんだ」

「コンドームのついたパンティ・ストッキングです」

「アー今度は医学賞が決定しました。受賞者はアフリカのチャワイ・チャワイというひとです」

「何をしたひと」

「お医者さんです。パンツー族のウイッチ・ドクター（魔法医）です」

「変な受賞者ばかりだな。まあ、これは佐藤さんの夢なんだから滅茶苦茶なのも無理はないが」

「えーただいま物理学賞が決定」

「誰」

「丸の内の三菱重工ビルの爆破犯人が最有力だったんですが、これは本人の名前がわからず所在も不明のため、今回は受賞者なしです」

「えー文学賞の受賞者が決定。これは日本人です。筒井康隆という作家です」

「何が認められたんだ」

「週刊新潮連載の『俗物図鑑』です」

「経済学賞の受賞者が決定しました。『怪物商法』が認められ、糸山英太郎が」

「こいつはどうもえらいことになってきた。これはひどい悪夢じゃないか。おい、佐藤さんまだ寝てるのか。早く眼を醒まして貰わなきゃ困るよ」

「そうですなあ。あのひとはいつも十時間寝ないと駄目というひとですから、まだしばらくは」

「しかたがないな。じゃ、受賞者のコメントをとろう。あーもしもし、糸山さんのお宅ですか。あの、英太郎さんを」

「はい糸山英太郎です」

「このたびはノーベル経済学賞受賞、おめでとうございます」

「何だって。あの、ぼ、ぼ、ぼくがノーベル賞」

「ノーベル経済学賞です。電報が、もうついている筈ですが」

「あっ。じゃあ、さっき来たあの電報がそうか。また国民からの非難の投書だと思って、さっきトラックの荷台に抛《ほう》りこんだ」

「へえ。トラック一台分あるのは激励の手紙じゃなかったんですか」

「あわわわわわわわわ」

あわてております。

佐藤さんがノーベル賞受賞と聞いて驚いたのは田中角栄現総理。

「えっ。そりゃあ何かの間違いだよ。ぼくと間違えたんじゃないか。えっ。やっぱり本当だって。よし。官房長官。全大臣に至急連絡しなさい。何もするなっていうんだ。お前らも何もするな。よけいな政策を発表するな。佐藤さんは何もしなかった。わしも何もせんことにする。そうすればノーベル賞も夢じゃない」

そうこうしておりますうちに、これが佐藤さんの夢であるということがわかり、佐藤家へは次つぎといろんなひとが押しかけてまいりまして、ぐっすり眠って夢を見続けている佐藤さんの枕もとでいろいろと話しあっております。

「もうそろそろ起きそうなものですがねえ」

「ほんとにまあ、こんな気ちがいじみた夢を見るなんてひと騒がせな」

「また、にやにや笑っておりますなあ」

「そうですなあ。気持が悪いですなあ」

「迷惑な夢を見るひとですなあ。なんとかなりませんかねえ、奥さん。世間を騒がせるにも程がある」

「申しわけございません。ですからこうしてかかりつけのお医者さまにも来ていただいておりますのですが。ねえ先生、覚醒剤でも打っていただけませんかしら」

「病気じゃないんですからねえ。今、無理に起したりしたら、わたしゃお払い箱で、奥さん、あなた離婚されるかもしれませんよ」

「だけどこのぶんじゃ、いつまで眠り続けることやら」

「まあ、すでに二十時間以上寝ているんだし、小便も溜《たま》っているだろうから、そろそろ自分で眼を醒ますでしょう」

「いいえそれが、主人は最近おしっこの方がたいへん辛棒強くなっておりまして」

「ほう。そりゃあどうしてですか」

「前総理ともあろう人間の便所は、特別級でなきゃいけないと申しまして、特に注文して出雲焼《いずもやき》の便器を作らせたんでございますよ。ところがこの便器、出雲製ですからきんかくしに鳥居のマークがついておりまして」

「ははあ。きんかくしに鳥居の絵が描いてあったのでは、ちょっと小便できませんなあ」

「そのため家ではおしっこができなくなりまして、いつも我慢しておりますのよ」

さて、佐藤さんの夢はどんどん進みましていよいよ今日は受賞式の当日、名前を呼ばれて壇上にあがり、ついに賞金と金のメダルを受け取った佐藤さん、今まで我慢しておりましたのがあまりの嬉《うれ》しさにとうとう失禁し、あたりへジャーッと湯気のほかほか立つやつをぶちまけてしまいまして、その温かさでぱっと眼を醒ましました。

「おお寛子か。ついに貰ったぞ。ノーベル賞を」

「いいえ。ノーベル賞ではございません。お寝小です」

クラリネット言語

1

古典的な黒。やや茶色っぽく、うっすらと木目も見える。艶《つや》があればそれもよく艶がなくても。そうだとも。艶がなくても、それでもいい。故意の艶消しの如《ごと》く渋味が感じられるから。金属部分が光っていさえすればそれでいい。金属部分はニッケル・シルバーの色である。いぶし銀色でもなければ金色でもない。手入れが悪くて鈍く光ったいぶし銀色になってしまえば高雅な黒との対照による透明感が失われてしまう。金色などとんでもないことだ。たちまちにして典雅さが消えてしまう。金属部分は是非とも光らせておかなければならない。錆《さ》びはじめると黄色くなり、茶色っぽくなり、かの下品なる金色に近づきはじめるからだ。これを錆びさせないためには精密機械油即ち家庭にあるミシン油をつける。接合部即ちビスの部分につけるキイ・オイルは楽器店にある。

金属部分を磨くとき、オイルをガーゼに滲《し》みこませて拭《ふ》くのもよいが、ここのところはひとつ純白の絹のハンカチ、それもまた新しいものに惜しげもなくオイルをつけ、丹念に磨いてやるべきであろう。文房具に愛着を示す文筆業者同様、あまりにも自己の楽器を愛撫《あいぶ》しすぎる者は他者の目にフェティッシュでいやらしく映じるかもしれない。だが他人の目にどう映るかを気にかけているようでは楽器への没入度が不足していると断じられてもしかたがなかろう。また楽器を拭く道具がとにもかくにも純白新品の絹のハンカチであることによってそれはフェティシズムではなくダンディズムであるとされ、その行為はむしろ称賛される場合が多いのではあるまいか。少くともガーゼを使用するよりはフェティシズムを感じられなくてすむこと、これは確かである。どのみち、他者の目の前では絹ハンカチを使うに越したことはない。

クラリネットが綺麗《きれい》な楽器であり、華麗な楽器であると眼に映じるのはその金属部分の細工の精密さ、精妙さにもよるものである。それはまるで金属部分を装飾にした美術工芸品のような趣きを呈している。それほどまでに複雑であるからして金属部分にミシン油を、またはキイ・オイルを塗ろうとする時、当然手が届かぬ部分も生じてくる。こういう場合のため細い針金に短い毛をつけたブラシを楽器店ではトーン・ホール・クリーナーと称して売っている。ただし細いとはいえ相手はなにぶんにも針金である。突いて疵《きず》をつけてはならない。指にではなく楽器にである。

むろん木の部分にも艶があった方がずっといい。好みにもよるが金属部分の手入れさえしていれば木部も自然と光ってくるものだし、そもそも艶のある方が自然に近いのではあるまいか。どのみちクラリネットの手入れというものは、義務的なものではなく、いや、最初のうちはたとえ義務的にそれを行っていたとしても、それはそのうち必然的に楽しみのための行為に変化してくるものである。この楽しい手入れのこと

家庭用ミシン油

キイ・オイル

についてはのちにゆっくり述べることにするので楽しみにしていていただきたいものだ。

　ひとはなぜクラリネットを手にするのだろう。さまざまな理由が各人各様にあるので全部書くことはできないがたとえばこのおれ、これを書いているこの筒井という者がクラリネットをなぜ手にするようになったかという理由でさえふたつやみっつではないという事実によってそれが百や二百、千や二千ではきかぬ、古今東西クラリネットを手にした者の数だけの理由があるに違いないということは容易に想像できるのだ。

　昭和二十二年というのは敗戦二年後、ぼくが中学一年の年である。大阪市内の中学校に通っていたぼくはある日、音楽教室の前を通りかかった。放課後であったと思う。「東京の屋根の下」という当時としてはハイカラな和製ポップスが豊かな音色で流れ

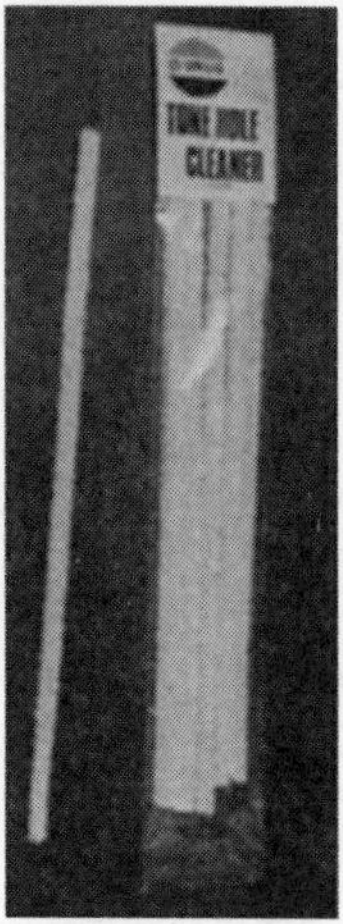

トーン・ホール・クリーナー

てきている。覗《のぞ》きこむ。数人の青年。中のひとりがクラリネットでこの曲を練習している。素人《しろうと》バンドの連中であろう。他に練習する場所がなかったのかもしれない。いやいや。当時、素人と玄人《くろうと》の区別などさほど極立《きわだ》ってはいなかった。楽団が払底していた。時恰《あたか》も社交ダンスの全盛前期。レパートリイが十曲もあれば素人バンドとて今日はあそこのパーティ、明日はあそこのダンスホールと、結構いい収入になったのだ。「東京の屋根の下」は灰田勝彦の唄《うた》で勿論《もちろん》知っている。しかしクラリネット・ソロによるこの曲は灰田勝彦のヴォーカル以上に魅力がある。いい音だなあ。低音の深さ、高音の柔らかさ、まさにヴェルヴェットの音色だ。ぼくは参った。これがまずクラリネット体験の第一である。

なぜこんなものを書き出したのか。お前は何を書いている。これは小説なのか。まさかクラリネットの入門書ではあるまい。クラリネットを買ってやっと半年という人間にクラリネットの入門書など書けるわけがない。しかしクラリネット半年という者にしか書けぬこともあるのではないか。半年の間に次つぎと前へ立ちはだかる難関。と同時にひとつひとつが新鮮に思える発見と驚異。それらはクラリネット歴数十年というヴェテランにとって忘却の彼方《かなた》にある筈《はず》のことごとだ。

「クラリネットは吹奏楽器の中でいちばん難しい楽器ですよ」と、セーイチ先生は言う。「しかしクラリネットが吹けるようになればソプラノ・サックス、アルト・サックス、テナー・サックスなどは簡単に吹けます。サキソフォンをやるつもりならまずクラリネットをやれという先生もいるくらいです」

それだったのだ。クラリネットが難しいからこそクラリネット人口の減少という現象が起り、ジャズ・バンドからクラリネット奏者が次第に姿を消しはじめている。逆にフルート人口は増加しているらしい。

ラッパ類を演奏すると肺病になるという俗説がある。これは嘘《うそ》である。腹式呼吸をやるので内臓は丈夫になる。肩を使って呼吸することを厳しく戒められるから大きく腹で呼吸しようとし、それに馴《な》れるため朝には深呼吸をくり返し行うという習慣がつき、おれは胃炎が治癒した。昔ジャズのラッパ吹きに肺結核が多かったのは生活態度、栄養不足、演奏場所などによるものだった。現在中学校や高等学校では健康法の一種としても吹奏楽は奨励されている。そうしたことをおれはある日画家のヤマフジさんに話した。内臓が丈夫になる、というところでヤマフジさんの眼《い》がぎらと光った。「わたしもクラリネットをやろうかな」ヤマフジさんは一度胃潰瘍《かいよう》の手術をしている。ヤマフジさんはさっそく翌日シンチョー社のヨコヤマさんに訊《たず》ねたらしい。「クラリネットとトロンボーンと、どちらがやさしいだろうか」ヨコヤマさんはトロンボーン歴二十年である。

　クラリネットという楽器の値段について語ろう。クラリネットにはB♭管通称ベー管、A管、E♭管、C管、D管、アルト・クラリネット、バス・クラリネット通称バスクラ、コントラバス・クラリネット等さまざまな種類があるが、通常使われるのはB♭管であり、あとは特殊なもの、またあるものはほとんど別の楽器と言ってもいいほどのものでもあるから、ここではB♭管の値段を、高いものから安いものまで順に列記する。調査は昭和五十六年六月十日現在、調査協力はヤマハ日本楽器製造株式会社渋谷店、大丸百貨店神戸店楽器売場である。

　ふつうクラリネットを買えばケースがついてくるが、安物になると別売りとなる。これはオール・ケース込みの値段である。また、免税だと少し安くなるが、これは税込みの金額。

会社名	品名・品番	金額
O・ハンマーシュミット	10aエーラー	七一五、〇〇〇
マリゴ	ザルツブルグ	五二六、〇〇〇
K・ハンマーシュミット	10エーラー	五〇〇、〇〇〇

O・ハンマーシュミット	特殊メカニズム	四八〇、〇〇〇
H・セルマー	九シリーズ2	四七〇、〇〇〇
ビュッフェ・クランポン	RC	四四〇、〇〇〇
ブージー&ホークス	五三〇	四一三、〇〇〇
O・ハンマーシュミット	四六	三九〇、〇〇〇
K・ハンマーシュミット	特殊メカニズム	三四〇、〇〇〇
ハンスクロイエル	ゴールドモデル	三〇〇、〇〇〇
ブージー&ホークス	五二〇	二九四、〇〇〇
ルブラン	L－二〇〇	二九〇、〇〇〇
マリゴ	マリゴ三五五	二九〇、〇〇〇
ビュッフェ・クランポン	S－一	二八〇、〇〇〇
K・ハンマーシュミット	ココボロ	二六〇、〇〇〇
K・ハンマーシュミット	四六	二六〇、〇〇〇
H・セルマー	一〇Sシリーズ8	二五七、〇〇〇
H・セルマー	一〇Sシリーズ6	二四五、〇〇〇
ビュッフェ・クランポン	R－13	二四〇、〇〇〇

H・セルマー	一〇Sシリーズ2	二一四、〇〇〇
ヤマハ	YCL-81	二〇〇、〇〇〇
ハンスクロイエル	ネットワークモデル40	二〇〇、〇〇〇
マリゴ	ルメール	一九八、〇〇〇
H・セルマー	九シリーズ1	一九一、〇〇〇
ブージー&ホークス	五一五	一九〇、〇〇〇
H・セルマー	一〇Sシリーズ1	一九〇、〇〇〇
ビトー	七一七	一六五、〇〇〇
イヴェット&シェファ	E-一三	一六二、〇〇〇
ニッカン	YCL-62	一五五、〇〇〇
ブージー&ホークス	五一〇	一四五、〇〇〇
A・セルマー	一一五	一三〇、〇〇〇
イヴェット	B-13	一三〇、〇〇〇
ブージー&ホークス	五〇七	一二六、〇〇〇
ムジカ	二〇六	一二五、〇〇〇
ノブレ	四八	一一八、〇〇〇

A・セルマー	一〇〇	一一五、〇〇〇
アームストロング	四〇一〇	一〇〇、〇〇〇
ノブレ	四五	九九、〇〇〇
ニッカン	YCL-35	八八、〇〇〇
ノブレ	三	七九、〇〇〇
ビトー	七一一二B	七八、〇〇〇
A・セルマー	一四〇一	七五、〇〇〇
イヴェット	B-12	七五、〇〇〇
ノルマンディー		七五、〇〇〇
アームストロング	四〇〇〇オーバーチュア	七三、〇〇〇
ニッカン	YCL-27	五四、〇〇〇
カワイ	CL-三二〇	四四、〇〇〇

（ケース別）

なぜもっと早くクラリネットを買わなかったのだろう。中学生時代、どうにか小遣いで買える楽器はウクレレとギターだけだった。クラリネットなどとても高価で手が出ないものだとして最初からあきらめていた。事実そうだったのだから。市場のように何十台もだらりとぶら下げてあるギターに比べ、きらびやかな金管楽器に混り、クラリネットはショウ・ケースの中におさまっていて、それはとても優雅に、高貴に見え、そして高価だった。その記憶が四十歳を越した今日まで尾を引いていたのであろう。ギターは何度も買い、つい最近は三十萬円もするギルドなどというものを買っていながら、クラリネットを買おうなどとは夢にも思わなかったのである。なぜあんなにギターばかりにこだわっていたのだろう。なんということだ。クラリネットという楽器は現在のおれの経済力からすれば簡単に、実に簡単に、ちょうど服を一着作るとか家族づれで上京するとかの支出と同程度の安い買いものだったのである。

ケースつき七十一萬五千円からケース別の四萬四千円まで、六十七萬二千円という差を伴いつつその中間にさまざまな金額の各国商品がある。だがこの最高最低の差はヴァイオリンほどのひどい差ではない。つまりクラリネットにはヴァイオリンの、数千萬円のストラディバリウスに相当する名器は存在しないといってよい。そしてわれわれには二十四キイの七十一萬五千円のクラリネットなど無用のものだ。通常は三十萬円のものが高級品とされている上、もっと安い国産の楽器で外国高級品並みに優秀なものが存在する。しかもおれは初心者である。ヤマハYCL-81を買い、そしてぼくはそれに満足している。アルト・サックスのサカタ氏におれの楽器を貸したら「いい音がするね」と言ったのだから良いものであることは確かだ。ただし、本当はクラリネットをひとに貸してはいかんのだが。サカタ・アキラ氏はむろん、クラリネットの名手でもある。

とはいえ、十萬円以下のものはやはり、あまりよくないようだ。たとえば五萬円のものと十萬円のものでは、そこにはっきり五萬円の差というものがあらわれる。ただ、たいていのひとはクラリネットを一本買うだけだから、この差は意識できない。新しいものを買った時にはじめてそれがわかる。ある日おれはクラリネットを修理に出した。タンポ皿のタンポ（別名パッド）が磨滅してきたので貼《は》り替えてもらうためだ。東京には、目の前ですぐ貼り替えてくれる店もあるそうだが、神戸の垂水にはそのような店はない。クラリネットを買った大丸神戸店に頼んだ。これがどうやら浜松にあるヤマハの工場まで行ってしまったらしい。戻ってくるのに二週間かかった。その間、練習ができないということになった。いうまでもなく練習は、特にロング・トーンと音階の練習は、毎日しなければならない。おれは予備にもう一本、YCL－35というのを八萬八千円で買った。これはやはり二十萬円のものに大きく劣った。最初、二十萬円のもので吹いていなければその劣っている点までわからずじまいだった筈である。

音によって音程が高かったり低かったりするのでアンブッシャー、つまりくわえかたで加減しなければならない。これによって変な癖がついてしまうとなかなかなおらず、あとで良い楽器に買い換えてもその癖だけは残る、ということになる。むろん楽器はたいていそのひとつひとつに個性があるので当りはずれはあろうが、初心者であろうとなかろうと、十萬円以下のものはおすすめしかねるという次第である。

クラリネット体験その三。二については後述する。これはやはり映画「ベニー・グッドマン物語」であったろうか。グッドマンを演じていたのはスティーヴ・アレンだが、音そのものはグッドマン自身が吹き込んでいる。大学時代であった。いい音だなあ。畜生。降参するなあ、もう。

クラリネットをやりはじめて六ヵ月めくらいのことだ。上京し、ホテルニューオータニの部屋に入り、テレビのボタンを順に押していくと、なんとこの往年の音楽映画をＫＴＶ、テレビ神奈川なるＵＨＦ局でやっていた。始まったばかりである。銀座「まり花」へ呑《の》みに出かけるのをやめて終りまで見たのだが、スティーヴ・アレンは本当にクラリネットが吹けるのかどうか、はなはだ疑問であるという考えにとりつかれてしまった。アンブッシャーが悪い。指づかいが滅茶苦茶である。音と画面がずれているのかなとも思ったが、そうでもなさそうだ。結局、あまり勉強にはならなかった。

この映画をホテルで再見した前後グッドマンが来日したが、これもテレビでその演奏ぶりを見た。これは勉強になった。老齢でさすがに息遣いが苦しそうだったが音そのものはあいかわらずすばらしい。あの鈴木章治がすっかりめげてしまい、「おれは最初からやりなおしだ」と言ったそうであるから、たいしたものなのだと思う。と同時に、やはりおれにはまだ本当のすばらしさがわかっていないのではないかとも思う。「あれぐらい、おれにもいずれは吹ける筈」などと思っているからだ。

　このグッドマンでさえ、毎日のロング・トーンと音階の練習は欠かさないらしい。クラリネットの頂点を極めたと思えるグッドマンにしてからがこの精進《しょうじん》。それではこ

ベニー・グッドマン

鈴木章治

ちらは毎日五時間の練習は欠かすまい。「あーもしもし」「はい。大丸神戸店でございます」「あーもしもし。外商のウエヤさんを願います」「あーもしもし」「あーもしもし」「ウエヤ只今《ただいま》出かけておりまして」「あー筒井ですがね。では戻られたらちょっとお電話下さるようにと」「あーもしもし」「あーもしもし。ウエヤですが」「ああウエヤさん。あのー、クラリネットという楽器があるね」「ありますあります」「あれ欲しいんやけどね」「クラリネット。先生が吹かはりますのん」「そや」「へえ。そうでっか。そうでっか。そんなら近きん、カタログ持ってあがります」「あーもしもし。ウエヤですが」「ああウエヤさん。クラリネットやけどね。あのカタログのYCL-81ちうのが欲しいんやけどね」「先生。あれやと特注になりますねん。ヤマハの工場へ言うて、一ヵ月ほど待ってもらわんなりまへん」「一ヵ月。そないかかんのん」「一本一本やっとるんやそうで」「そうか。仕様ないなあ」

一ヵ月ののち、楽器が届く。黒いケースに入っている。教則本も二冊。その一冊の方にはカセット・テープがついている。ケースを開くとクラリネットが五つに分解されて入っている。マウスピース、バレル、上管、下管、ベルである。バレルはふたつ入っている。長いものと短いものだ。といっても、その差は約二ミリである。他にコ

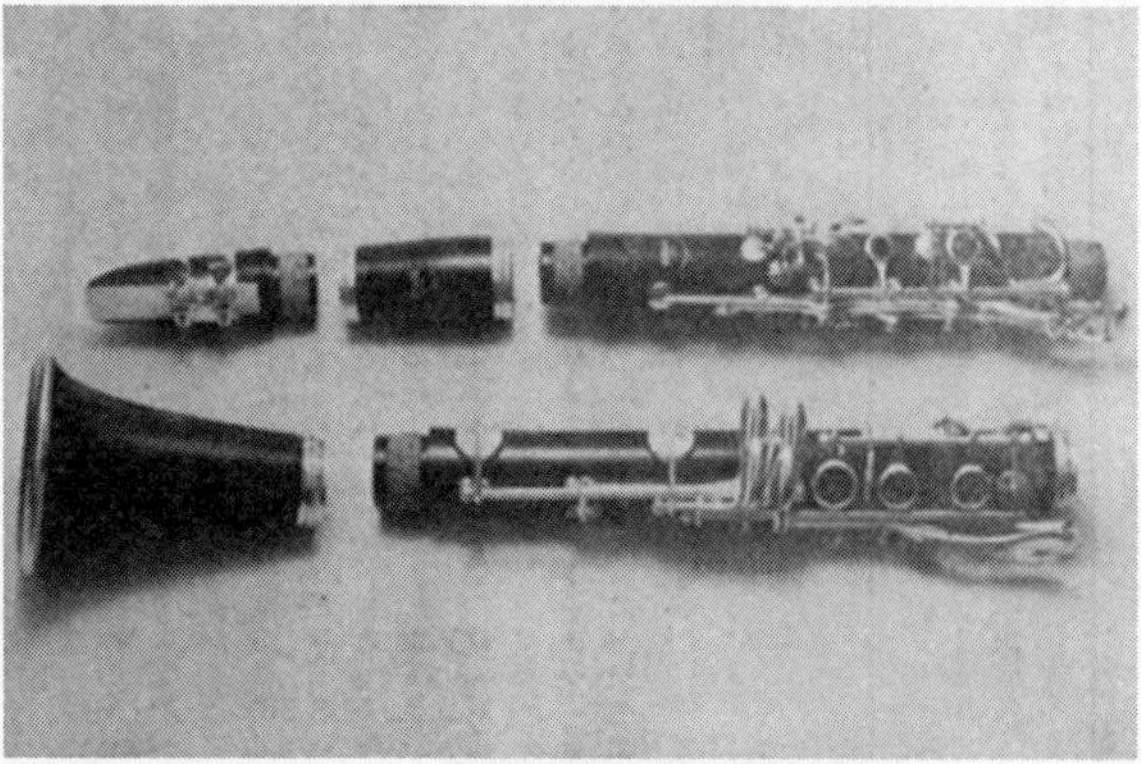

上段左より、マウスピース、バレル、上管
下段右より、下管、ベル

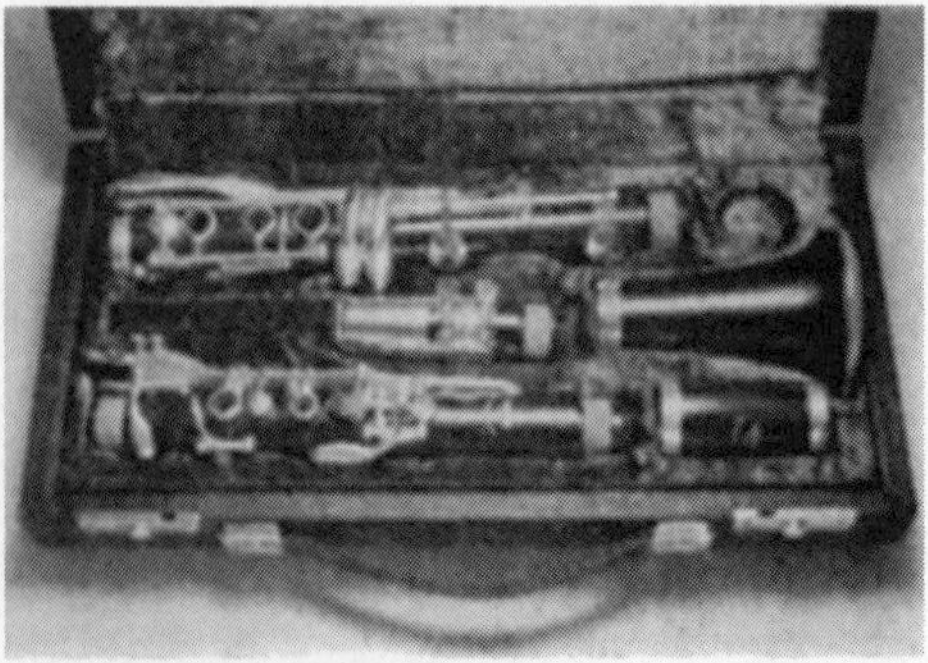

ケースに入ったクラリネット

コルク・グリース

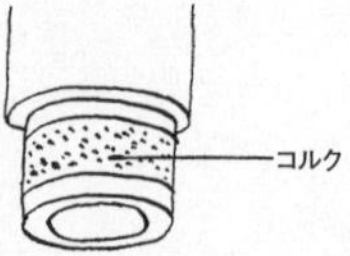

ルク・グリース。このコルク・グリースは扁平《へんぺい》な丸い容器に入っていて、楽器のケースにはこの容器を入れておくための小さなくぼみもある。コルク・グリースには他に

口紅のようなスティック式になったものもあり、この方が直接コルクに塗りつけることができるので便利である。このコルク・グリースは何をするためのものかといえば、前記バラバラのクラリネットを組み立てる際、継ぎ目の部分にあるコルクに塗ってやるためのものだ。コルクは乾燥しやすいから組み立ての時には必ず塗った方がいい。たとえスティック式のものでもただこすりつけたというだけでは駄目だ。指でよくこすりこまなければならない。ブリッジ・キイの下がちょっと塗りにくいが、ここは小指を使えばよろしい。そしてさらに木部に白く残った余分のグリースは拭き取らねばならぬ。さもないと恐ろしいことが起る。どのような恐ろしいことが起きるかは後述する。

と、いうところでいよいよクラリネットを組み立てることになるが、この組み立てかたをていねいに書いた教則本は少ない。たいていの者はまごつく。おれもまごついた。教則本と首っぴきでおそるおそる組み立てたものである。では、やってみるか。

予　告
次回はいよいよ波瀾万丈《はらんばんじょう》クラリネットの組み立てかた及び奇妙奇天烈《きてれつ》リードの不思議について。乞《こう》御期待。

2

「まず上管と下管とを接続し」などと、教則本には至極《しごく》簡単そうに書いてある。うわあ。どことどこを持って接続すればよいのだ。どちらにも華奢《きゃしゃ》に思えるきらびやかな金具がいっぱいついているではないか。どこを握っても壊れそうである。接続とはねじこむことだ。ねじこむには力が要る。ちょっと力をこめればバーが、リングが、タンポ皿の根もとが、ぐにゃりと曲ってしまいそうな気がする。ただ茫然《ぼうぜん》とするのみ。やがておそるおそる、上管を左手で持つ。ぎっちょの人は右手で持つことになるが、以下は左手で持つ人のためにのみ書く。上管とは両側にコルクのついている小さい方の管である。さてこの上管には穴が三つ、一列に並んでいる部分がある。この穴は接続部に近い方から、サード・フィンガー、セカンド・フィンガー、ファースト・フィンガーと呼ばれている。まず裏から手をまわしてサード・フィンガーの穴を小指の先で押さえる。同様にセカンド・フィンガーを薬指で、ファースト・フィンガーを、ここは少し遠いので人さし指で押さえる。こういう穴の上を押さえれば多少力をこめても壊れることはない。さて問題は宙に迷う中指である。これは行きがかり上、ファースト・フィンガーとセカンド・フィンガーの間にあるタンポ皿の上に当てがわなければならないのだが、ここは力まかせに押さえてはならぬ。ま、多少力をこめても大事にならぬよう作られてはいるが、何ぶんこのタンポ皿の下には磨滅しやすいタンポ（パッド）がついているから、ここに当てる中指のみからは力を抜いたほうがよい。高等技術である。

つまり掌《てのひら》は金具のついていない裏側に当てることになる。親指はつけ根をのばし、指さきをややまむしにして力をこめると、ちょうど指さきが10ビス別称B♭トリルキイ

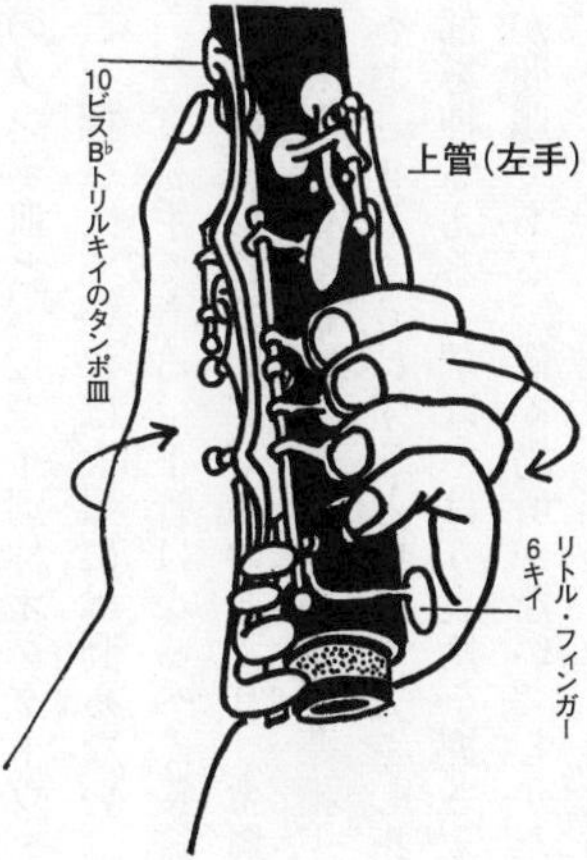

のタンポ皿と、12キイ別称オクターヴ・キイの支点となる鍵柱との間にくるから、ここを押さえていれば大事には到らない。

さて右手である。下管はなるべく接続部から遠い部分を持てばよい。力が入れにくくて接続しにくいが、このあたり、金属部分が少いからである。やはり裏側から手をまわし、いちばん力の入る小指、薬指、中指の三つの指さきが1と3のタンポ皿の間へおさまるようにするといい。人さし指は3のタンポ皿を避け、中指と少し離して木部を押さえる。掌はやはり裏側を押さえることになる。さて、こうなってくると親指が問題である。置く場所がない。しかたがないから金属部分の中でもいちばん頑丈そうな、リトル・フィンガー4キイの横の金具の上へ置く。ここなら多少押さえつけても大丈夫のようだ。

いよいよねじこむわけであるが、この上管と下管の接続部のコルクにだけは、スムーズにねじこめるよう、特にたっぷりとグリースを塗りこんでおいた方がよろしい。比較的親切な教則本には「接続の際、ブリッジ・キイを曲げてしまわないように」と書かれている。だがこの部分は、もともとぶつかり合わぬように出来ている上、左手の薬指がセカンド・フィンガーを押さえていることによって上管のブリッジ・キイが上がっているのだから心配いらない。むしろ注意すべきは下管リトル・フィンガーのCキイが、上管リトル・フィンガーの6キイにがちっとぶつかりあわぬようにすることである。したがってねじこみかたは上管を右へ、下管を左へまわすようにするべきである。あっ。そんなに力をこめるな。ゆっくりやれ。なに。まだ完全に入らない。Cキイと6キイがぶつかりそうだ。よし。少し逆にまわせ。それからまたゆっくりねじこめ。そう。そして六つの穴がほぼ一直線になっているかどうか確認せよ。よし。よし。では微調整だ。上管と下管のブリッジ・キイを一直線にするんだ。ずれてはいないか。いない。これでよしと。疲れたなあ。汗。汗。汗。

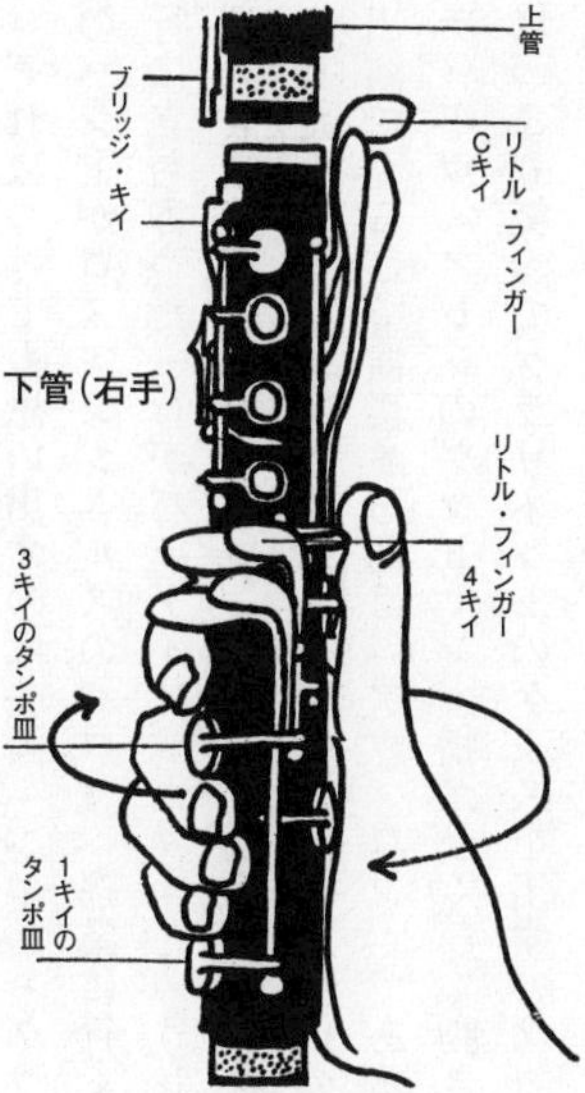

それにつけても思い出すのは映画「ベニー・グッドマン物語」である。グッドマンのバンドがロスアンジェルスのパロマへ巡業に行く。その帰途、カタリナ島の慈善興行に立ち寄った一行がパラダイス・カフェというレストランに入る。ここの店主兼料理人兼給仕兼アトラクションのヴィブラホン演奏がすべてライオネル・ハンプトンであったという、グッドマンとハンプトンの出会いのシーン。これはハンプトン自身の出演で、ここで演奏する曲は「アヴァロン」である。テーブルでこれを聞いていたスティーヴ・アレンのグッドマン、指がひくひく動き出す。奥さん役のドナ・リードがにっこり笑ってクラリネットのケースを出す。グッドマン、最初はかぶりを振るが、ついにたまらずケースの蓋《ふた》を開く。カットが変り、ハンプトンの演奏が続いている。と、その横へグッドマンが、すでに組み立てられたクラリネットを持ってあらわれる。

そんな馬鹿な。「アヴァロン」たった五小節の間に、クラリネットが組み立てられてたまるものか。いくらグッドマンだって、あれではリードを湿らせている暇もありはしない。

リードを湿らせるのにいかに時間がかかるかについての、ピアニストのヨースケ・ヤマシタ氏の証言。「クラやサックスの連中の準備に、いつもわれわれは待たされていらいらするのです。われわれピアニストはピアノの蓋を開けさえすればよいのです。

ところが連中は、いつまでもリードを舐《な》め続け、その他何やかやとわけのわからぬことを永遠にし続けおるのです」

あっ。リードのことを書かねばならない。組み立てはじめる前から、リードは口にくわえて舐め、湿らせておかなければならなかったのだ。今からでも遅くはない。口にくわえて湿らせなさい。リードとは何か。それについてはこれから述べるが、まず先にクラリネットを組み立ててしまおう。

上管と下管の接続が終れば、次にベル、つまり朝顔を接続する。下管を右手で持つが、この持ちかたはさきほどと同じでよく、ベルを左手に持ち、左手でベルをまわし

ライオネル・ハンプトン
(写真提供・スイングジャーナル)

ドナ・リード
(写真提供・キネマ旬報社)

てねじこむ。ベルには裏も表もない筈《はず》だからなどと言って、どこでもいいからと場所かまわずにさしこんではいけない。たいてい、ベルにはメーカーのマークがついているから、そのマークを目印にして、常に一定の場所で接続するようにしなければならない。マークがなければ接続部に目印をつけておけばよい。セーイチ・ナカムラ先生によれば、これは接続部をいためないための思いやりというものだそうである。以下、この考慮はバレル、つまりタルを上管へ接続する場合にも忘れてはならない。

品物によっては、ケースの中に短いバレルと長いバレル、最初から二本のバレルの入ったクラリネットを売ってくれることがある。これは他の楽器との音あわせの際のチューニング次第でどちらかに決めればいいのである。もちろん、長いバレルの方が音が低くなる。長いバレルを使ってもまだ音が高い時には、このバレルと上管との接合部を少し抜けばよろしい。逆に、音が低いからといって自分で勝手に楽器を削ったり切ったりするのは言語道断、絶対にしてはいかんのだそうである。楽器にはもともと国際標準ピッチというのがあって、a′＝四四〇ヘルツと決められている。しかしこれは最近、次第次第に高くなる傾向にあるらしいのだ。ヨーロッパなどでは四四五ヘルツにまでなっているらしい。したがって、実際に四四〇ヘルツの楽器を作っても低過ぎるから使いものにならない。おれの持っているクラリネットは四四二ヘルツであり、たいていの楽器は四四二ヘルツを採用しているという。さらにまたおれは短いバレルも持っているが、一度これを使ってヨースケ・ヤマシタさんに「高いです」と言われた。それでもまだ「音が低過ぎるから管を短くしてくれ」と楽器店へ来る人がずいぶん多いらしい。たいていは楽器のせいではなく、奏法が悪いのだそうだ。こういう人がどんどんピッチを高くしているのかもしれない。

バレルを上管へねじこむのは比較的簡単である。バレルにも金属部分はないし、上管上部にも金属部分は少い。上管上部の、接続部ぎりぎりのところを左手でぐいと握りしめて右手でバレルをねじこめばよいのである。

ベル

バレル

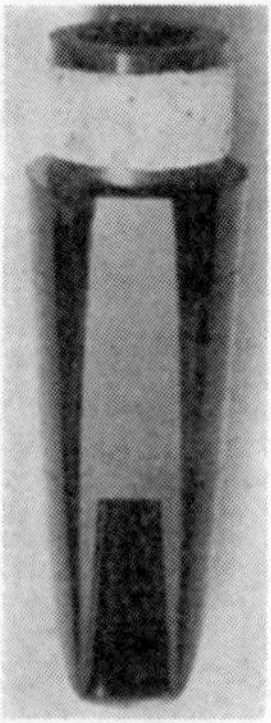

マウス・ピース

さて次はマウスピースである。マウスピースとは言うまでもなく吹き口のことで、ここだけはベークライトで作られている。したがって磨滅しやすい。磨滅すればまたかわりのマウスピースを買えばよいのだが、なかなか自分の口に合ったマウスピースというものはなく、馴《な》れるまでに時間がかかる。これは演奏者の口の大きさ、唇の部厚さ、歯並びなどにもよるから、そもそもマウスピースだけに関してどういうものがよいかなどとは言えないので難しいのだが、最初買ったクラリネットについているマウスピースはあまり上等ではないと思っておいた方がよろしい。したがってこれである程度練習し、少し上達してから良いものを買うことにすれば、その時はじめて自分に合ったマウスピースを選ぶことができるのではなかろうか。

セーイチ先生によると、せっかく自分の口に合っているマウスピースを磨滅させないため、いったんマウスピースにがっちりとリードをとりつけてしまうと絶対にはずさないという人さえいるらしい。これはちと極端であろう。リードをつけたままだと、マウスピースをバレルに接続しにくいからである。掃除ができず、不潔でもある。

普通はリードをはずしたマウスピースをバレルに接続するのだが、この時手でマウスピースの先端をつかんではいけない。リードをつけたままの人がいることからもわかるように、この先端の口にあたる部分がいちばん磨滅しやすいところなのだ。今度はバレルの方を左手でぐいと握りしめ、マウスピースの根もとを右手で握ってねじこむ。マウスピースは表側が大きく傾斜していて、裏側にはリードをあてる平らな面、及び開口部がある。この開口部の中心が、上管の裏側にある長いオクターヴ・キイの延長線上にくるよう心がけねばならない。

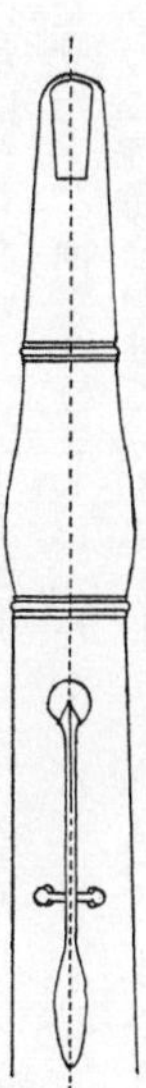

ここで口から充分に湿らせたリードをとり出してマウスピースにとりつけるのだが、その前にリードとは何か、この不思議なものについて書く。リードで最上のものはフランス産の葦《あし》だと言われているが、日本産のものでも充分良いものがある。リードは勿論《もちろん》楽器店に売っているからこれを買えばよく、自分で作る必要はないのだが、それ

でもやはりリードによって音がいくらでも良くなったりあきらかに悪くなったりもするのだから、クラリネット奏者たるものがいちばん心を砕くのがこのリードである以上、自分で作るという人があとを絶たないのは当然かもしれない。ただしリードを自分で作るクラリネット奏者は、楽団の他のメンバーから悪口を言われることを覚悟しなければならない。「リードを削ったり切ったりして準備にさんざ手間をかけ、皆を待たせた上、演奏がうまくいかなかった時は必ずリードのせいにしやがる」リードを作るのに時間をかけている関係上、これはついすべての原因をリードに収斂《しゅうれん》させたくなってしまうのであろう。だからリードに心を砕くのはいいがあまり凝りすぎると他のメンバーに迷惑をかけることになると心得ておいた方がよろしい。

リードをとりつけるための、マウスピースの平らな面になった部分をレイというが、ここもゆるやかに弧を描いていて、この弧の具合とリードとは微妙に影響しあっているので、だからマウスピースによってもリードの厚さ薄さは決定される。原則的には、マウスピースとリードの間が開き過ぎているようであれば薄いリードを、間の開きの少いものには厚いリードを、ということであるが、これも演奏者の唇の部厚さなどによって違ってくるので自分の口に合った良いリードを求めるのは非常に難かしい。市販のリードはバラでも売っているがたいていは何枚かがひと箱に入っている。

ードの厚さには2½、3、3½など、いろいろあるが、この三種類をひと箱ずつ買い、一枚いち枚吹いて試してみて、その中から良いものを選ぶ以外に方法はない。リードが薄くて、マウスピースとの間隔が狭かった場合には、高音が出にくくなる。これは

リード

リードがレイにぴったりくっついてしまうからである。その上音が小さい。音色は明るいがややファンキイになってしまい、時には下品にもなる。もちろん訓練によってはすばらしい演奏ができたりもする。たとえばベニー・グッドマンもやや狭い、つまり弧のゆるいマウスピースを使っている。

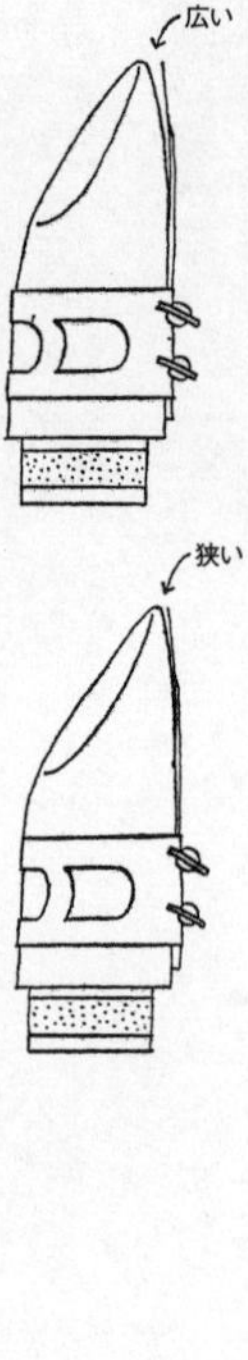

「ベニー・グッドマンといえばね」と、セーイチ先生が言った。「いやな奴だそうです。ライオネル・ハンプトンも、もう一緒にはやらんと言っています。自分より拍手の多い者にはソロをとらせない」

「あっ。そういえばこの前の来日でも、テディ・ウイルソンにはソロをとらせませんでしたね」

「大金持ちで、銀行に貸すぐらい金がある。マフィアともつきあいがあります。優秀な若いクラリネット奏者があらわれ、人気が奪われそうだと思うと、マフィアに殺させる。知られているだけでも、もう三人殺されています。あっ。このことは書いてはいけませんよ。書いてはいけない。警告する。書いてはいけない。書くとぼくは消される。あなたも消される。読んだ人たちもすべて消される」

リードとの間の狭いマウスピースを使っているクラリネット奏者には、他にピーナッツ・ハッコーがいる。そしてこのピーナッツ・ハッコーこそはわがクラリネット体験その四なのである。「小さな花」をはじめて聞いたのは乃村工藝社。デザイン室の連中は仕事中もラジオをつけっぱなしだった。旋律による戦慄《せんりつ》。しかもあのクラリネットの音色による初体験の時の興奮が蘇《よみが》えった。ヴェルヴェットが脊髄《せきずい》に触れていた。「なんだこれは何だ何て曲だ誰が吹いている」デザイン室の連中はもう何度も聞いているらしくすらすらと教えてくれた。仕事に追われていたためベスト・ヒット曲にな

テディ・ウイルソン
(写真提供・バンドジャーナル)

っていることも知らなかったのである。テレビ番組「ヒット・パレード」でザ・ピーナッツが歌い、一位を十何週か続けることになるのはもう少しあとのこと。おれの好みとベスト・ヒット曲が一致したのはこの時以来皆無だ。おっと。「コーヒー・ルンバ」があったかな。

　リードとの間が大きく開いているマウスピースはでかい音がして高音も出しやすい。そのかわり常に唇を引き締めて、ここに強い力を加えなければならず、初心者はすぐ疲れてしまう。こういうマウスピースに対して3½などというリードを使ったら大変。唇の両側の筋肉が引き攣《つ》っておかしくなってしまう。

では、リードをマウスピースにとりつけよう。リードをレイにぴったりとあわせる。肝心なのは先端である。リードの先がマウスピースの先端からとび出してはいけない。また、引っ込みすぎてもいけない。たいていの教則本には一ミリ弱引っ込めろと書いてあるが、セーイチ先生は「リードの先に黒いマウスピースの先端が糸か針のような細さで見えているのが理想的」だと言っている。

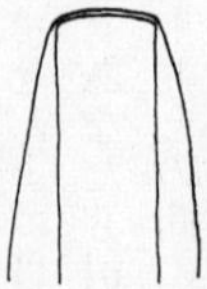

首尾よくリードの位置が決定したら、これがもはや動いてずれたりしないよう、根もとを左手の親指でがっちりと押さえる。そして右手で締め金を、マウスピースの先端に当てたりしないよう注意しながらかぶせる。この締め金のことをリガチャーという。

普通のリガチャーはねじがリードの側についているが、やや凝ったリガチャーで装飾模様などが刻まれねじが表側についているニッケル・シルバーのリガチャーもある。最初おれはそうしたリガチャーの存在を知らず、テレビでベニー・グッドマンの持っているクラリネットを見、あれっ、リガチャーを逆につけているのかな、などと思っていたものだ。ある日、新刊「虚人たち」サイン会というのを神田三省堂でやった時、白髪の目立つ上品そうな中年紳士がやってきておれのサインを求めたのち「クラリネ

[上] 凝ったリガチャー
[下] ふつうのリガチャー

北村英治
(写真提供・バンドジャーナル)

ットはだいぶ上達しましたか」と訊《たず》ねてぼくに高価そうなリガチャーをくれた。これが前記、表ねじのリガチャーだった。

「あっ。ベニー・グッドマンがやっていたのはこれだったのか」「北村英治のと同じリガチャーです」

有難く頂戴したのだが、うっかりお名前を聞くのを忘れてしまった。まさか北村英治自身ではなかったのだろうな。

マウスピースにはリガチャーをはめこむ目印の細い線が描かれている。リガチャーは必ずこの線まではめこむ。そしてふたつのねじを締める。このねじによってリードを締めつける力は、ゆる過ぎてはいけず強過ぎてもいけない。さらにまた、ふたつのねじによってリードを締めつける力は均等でなければならない。組み立ては終った。ケースにはマウスピースにかぶせるためのキャップが入ってい

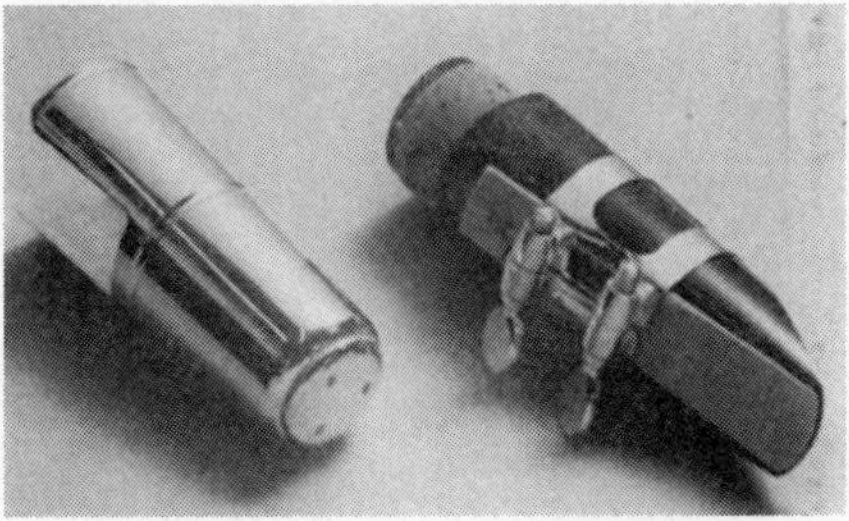
マウスピースとキャップ
(以上、撮影協力・ヤマハ楽器渋谷店／カメラ・中村誠)

る。組み立てたクラリネットを演奏していない時はこのキャップを、たとえそれが数分間の小休止であっても必ずかぶせておかねばならない。マウスピースとリードをいためないためである。キャップをかぶせずその辺に置いておくと何が起きるかわからず、たいていはそういう時に限って何やらよからぬいまわしく恐ろしいことが必ず起きるものである。したがってこれは、むしろ「癖」にしてしまわねばならぬ種類の行為なのだ。

さあ。いよいよクラリネットを吹く。吹くのだ吹くのだ。あのヴェルヴェットの音色が出るかどうか。まずマウスピースのくわえ方からはじめなければならない。口を少し開く。笑う時のように唇の両端を両側へ引く。あまり強く引き、アルカイック・スマイルの如《ごと》く、口が耳もとまで裂けているかのような笑いをしてはならない。下の唇が自然と下の歯の上にのる程度に引く。下の唇はほどよく下の歯の上に巻くべきであり、慎むべきは唇の赤い部分がまったく見えなくなるような巻きかた、つまり口腔内に巻きこむほど巻いてしまってはいけないのである。その下唇にリードをのせる。その位置は、リードがマウスピースのレイから離れはじめている部分から先端までのちょうど中ほどであるが、これも唇の部厚さ、リードの厚さなどで多少の変動は如何《いかん》ともしがたい。

次に、上の歯でマウスピースの上部をがっちりとくわえこむ。この、前歯があたる部分は、常に固定されていることが理想的である。だからといってマウスピースに歯を食いこませるための溝を掘ったりしてはいけない。ぼくのギターの先生だったマサユキ・イセという人は、クラリネットを習いはじめた時マウスピースに前歯固定用の溝を刻みこみ、さらにまた、クラリネットを天井からぶら下げて練習したという。こういうことは気ちがいみたいな人であるからこそ許されるのであって、一般常識人がここまでやるのはやり過ぎである。まず何よりもマウスピースが早く駄目になってしまう。いつも同じ部分に歯があたることによって自然に溝ができてしまう場合、これはまあ、しかたがない。

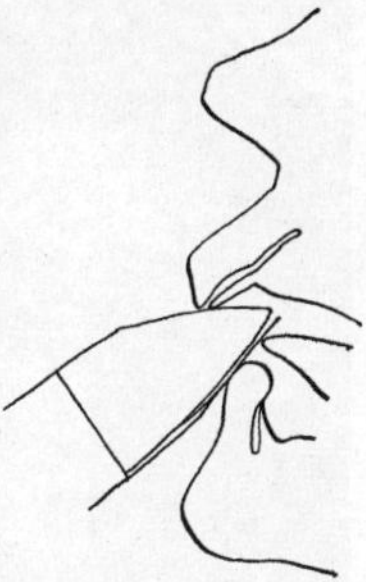

　こうしてマウスピースをくわえ、空気洩《も》れを防ぐために上唇でぴったりとふさいだ時、口の形として理想的なものははたしてどのような形か。セーイチ先生は言う。

花柳小菊

「花柳小菊がうす笑いを浮かべているような口」ぼくの想像ではおそらく次の絵の如き口ではないかと思うのであるが、さて、それでは花柳小菊とはそもそも何者か。彼女のことについて少し研究してみることにしよう。

画・つついやすたか

（未完）

信州信濃の名物は。

信州信濃《しなの》のなー、
名物は、なんや、知ってはりまっかー？

「とろろ」だんねん。

山道に行き暮れて、旅人が歩き続けていた。一夜の宿を求め、人家の灯を求めていた。

森のはずれに、一軒の山小屋があった。

ほとほとと戸を叩《たた》けば、くぐり戸を開けたのは可愛《かわい》い娘。

「思いがけなく次の宿が遠く、難儀しております」

「次の宿はまだ二里も先。さあさあどうぞ、お入りください」

囲炉裏端《いろりばた》には五十がらみの父《と》っつぁんがいた。「娘。どなたじゃ」

「宿にお困りの旅のかたです」

「そりゃお気の毒。さあさあこちらへおいでなされ」

ちょうど夕餉《ゆうげ》どきで、旅人も相伴《しょうばん》にあずかることとなる。

「どうぞ召し上がれ」

地酒の肴《さかな》は、娘が運んできた擂《す》り鉢《ばち》いっぱいのとろろである。その旨《うま》いこと。旅人は眼を見開き、次いで陶然とする。

「信州信濃の名物。それがこのとろろじゃ」父っつぁんは笑う。

あまりの旨さに旅人は遠慮を忘れた。ついつい二杯もおかわりをしてしまう。だが、まだまだ満足することはない。それでもさすがに遠慮が出た。

旅人の様子を見て父っつぁんは言う。「ま、今夜はそれくらいにしておきなされ。実はのう、一夜越しのとろろというものがある。残りのとろろを壺《つぼ》に入れ、水屋に入れておくのじゃ。朝になると、よう冷えておってのう。あたたかい麦飯にぶっかけて食うと、これがまた、旨い。あとは明日の朝飯の楽しみにとっておきなされ。ははははははは」

しかたなく、旅人は箸《はし》を置く。

その夜は娘が囲炉裏の傍に敷いてくれた薄い布団に寝た。一段あがった畳の間の奥が父っつぁん。手前が娘である。

深夜、旅人は空腹に眼ざめた。遠慮して、さほど食べなかったせいもある。しかし、どちらかと言えば、あのとろろの旨さを思い出して眼ざめたのだった。

眠れなくなった。どうしようもなく腹が鳴り、我慢の仕様もなくなってきた。

ままよ。旅人は起きあがる。どうせ朝には戴《いただ》くものではないか。

土間の最も近くに寝ていたのをさいわい、旅人は娘と父っつぁんの寝息を確かめ、しのび足で土間に下り、水屋に忍び寄る。

網戸をあければ、とろろの入った壺。旅人はもうはや夢中でかかえあげ、縁に口をつけて壺を傾けると、一気にずずずずーっと啜《すす》り込む。

その旨さたるや。冷え加減、塩味、まさに絶妙。甘美なることこの上ない味わい。

満足のあまり虚脱の状態で旅人は布団に戻る。

翌朝、眼ざめた旅人は、たちまちおのれのちょいとした罪に頭をかかえた。

「これは父っつぁんに叱《しか》られるぞ。意地汚さをあの可愛い娘に笑われる。えらいことをしたわい」

だが、なぜか、起きたばかりの様子の父っつぁんは、囲炉裏端でにこにこと機嫌がいい。

「お眼ざめか。娘は裏へ漬物《つけもの》をとりにいっていますが、戻ればすぐ朝飯にしましょう」

やがて戻ってきた娘に、父っつぁんは言う。「娘お前は感心なやつ。いやがりもせず、わしがゆうべ水屋に入れておいた痰壺《たんつぼ》の痰をきれいに掃除してくれておったわいのう」

本陣の怪異

利吉

久坂丹後守《くさかたんごのかみ》はまだ年若く、極めて短気な藩主だった。

この本陣を定宿《じょうやど》とし、江戸への行き帰りにはいつも一泊していたのであったが、ある夜寝所と定められているいつもの八畳間で寝ていると、天井裏を数匹の鼠《ねずみ》が走りまわる音に目醒《めざ》め、その足音がいつまでもやまぬことに腹を立てた。

「ええい。うるさい鼠どもめが」

丹後守は長押《なげし》の槍《やり》をとり、石突きで下から天井板のあちこちを突きあげはじめた。鼠の足音はなかなかやまず、丹後守は天井の隅までその足音を追い、さらに突きあげ続けた。

いちばん隅の天井板を突きあげた時だ。

その板が石突きで持ちあがって枠からはずれ、あとにはぽっかりと天井裏への黒い穴があいた。

眠れぬため常以上に短気が昂《こう》じていた丹後守は、これで尚《なお》かっとなり、殿の罵声《ばせい》に驚いて控えの間から出てきた警護の武士に命じ、本陣の主人を呼び寄せた。

この深夜に何ごとかとおそるおそるやってきた主人に、丹後守は詰問《きつもん》した。

「この天井板はなぜしっかりと釘《くぎ》でとめられておらんのだ。この槍で突いたら浮きあがったではないか。忍者がここから出入りするかもしれず、まことに不用心極まる。どうしてこの一枚だけ釘を打たぬのだ」

「恐れながら」と、主人は困惑をあらわにして言った。

「天井板は天井裏からでなければ釘が打てませぬ。その端の板を天井裏から打ってしまいますと、大工が天井裏から出られなくなり、下へおりてくることができないのでございます」

「ただちに大工をひとり天井裏にあげて、裏から釘を打たせよ。その大工がそのあとどうなろうとも、わしの知ったことではない。よいか。わしが帰途、ここに一泊するまでに、必ずや天井板を釘でしっかりととめておけい」

その時代、藩主たちの階級の庶民に対する命令は絶対に近いものであった。

本陣の主人はしかたなく、丹後守が発《た》ったあと、土地の大工の棟梁《とうりょう》たちと相談して、利吉という老齢の大工を人身御供《ひとみごくう》とすることにした。

利吉には身寄りがなく、足が悪くて、もはや大工としてはあまり役に立たなかったからである。

棟梁たちは利吉を呼んで因果を含めた。貧しくて自分の葬式代すら持たぬそなたの弔《とむら》いを懇《ねんご》ろにしてやるから、ここは犠牲になってもらいたい、と、そう説得したのである。

かくて利吉は、数本の釘と金槌《かなづち》を持っただけで天井裏にあがり、隅の天井板一枚に釘を打って固定したあと、そのまま天井裏にとどまった。

そのあと、利吉が天井裏で鼠の糞《ふん》にまみれて衰弱死するまでの間、彼にどんな苦しみがあったのかそれがどれほど悲惨な状況であったかは、誰にもわからず、ただ想像するしかない。

利吉が死んだのち、その死体は鼠たちの餌《えさ》となって食い荒らされた。そのため元気になった鼠たちはしばらくの間、以前よりも活発に天井裏を走りまわっていたと言う。

秋雄

微熱が続く中、潤《うる》んだ眼で布団の中から天井板を見あげていると、古い板の黒ずんだ木目がさまざまなものに見えてくる。

それはいびつな壺《つぼ》であったり、ななめ横を向いた熊の顔であったり、向き合っているふたりの少女の姿であったりする。

一枚一枚が異なる天井板の模様は、寝つかれない夜の秋雄にささやかな和《なご》みをあたえてくれる。

彼が寝ている部屋は八畳の広間だ。江戸時代の八畳間そのままの広さである。

秋雄が暗い闇を恐れるので、天井の電灯は点《つ》いたままであり、その明かりは八畳間の隅ずみ、長押の木彫り模様も、床の間の山水の掛け軸も、そして天井板のいちばん端までをもはっきりと照らし出していた。

つきそいのばあやは明るいと眠れないため、文字通りおつきの間と呼ばれている隣りの四畳半で寝ている。

実際にもその部屋は昔、八畳間の殿を警護する武士が控える座敷だったのだ。

秋雄の病気に効があるというので、彼はこの温泉宿にばあやとふたりで来ていた。もとは本陣だったという古い旅館は現代的な模様替えや建て増しをされることなく、照明や冷暖房などの設備のみを施されただけで、時代の面影そのままを今に伝えていた。

東京からこの宿までは列車で四時間もかかるため、両親が秋雄の様子を見にくることはめったになかった。

隣室からかすかにばあやの寝息が聞こえてくる。ばあやの寿美子は六十五歳、健康なのでいつもぐっすり眠ってしまう。

秋雄はいつも、よく眠れない。多少は微熱に浮かされているので、眠っているのか醒めているのかよくわからない時も多い。

しかし時おりはまったく眠れない夜もある。そんな夜秋雄が戯れたり話し相手にしたりするのは天井板の木目に浮かぶさまざまな怪奇なものたちだ。

ああ。一つ目小僧だ。懐かしいなあ。以前妖怪漫画で見たあの可愛《かわい》い、おどけた顔のお化けだ。その隣はピサの斜塔だ。形は少し違ってずいぶん鋭い尖塔《せんとう》だが、大きく傾いて桟《さん》に寄りかかっている。その向こうには嘴《くちばし》を上に向けた鶴《つる》がいる。公園の池にいたあの鶴かもしれない。ぼくのそばに泳いできたからきっと餌《えさ》が欲しかったのか、ぼくが好きだったからなんだろうけど、なぜこんなところにいるんだろう。

木目に飽きてきたころから、そろそろ眠くなってくる。

ああ。眠れそうだ。天井板の数を数えよう。

なぜなら、なぜか知らないけど、天井板を端から数えている途中でいつも眠ってしまうのだ。天井板の数を全部数え切った記憶がないからだ。それどころか、一列目を数え終えたことすらないように思える。

秋雄は八畳間の中央に寝ているので、少し眼を右上に動かすだけでいちばん隅の天井板が見えた。

その下へ、その下へと、秋雄は視線を移動させながらゆっくりと数を数えていくのだ。

「ひとーつ。ふたーつ。みーっつ。……」

寿美子

ああ。また坊ちゃまが天井板を数えていなさる。

わたしはまあ、この歳になってお恥ずかしい話ですが、ここの温泉に睡眠効果があるということなのか、いつもぐっすり寝てしまうのでございます。

それでも坊ちゃまが数を数えておられる声はいつも夢うつつに聞いておりました。

本当ならその声を聞いただけではっきりと眼を醒ましてしまわねばならぬ筈《はず》でございましたが、目醒めようとするわたしを睡魔がふたたびずるずると夢の中に引きずり込んでしまうのが常でございました。

それでもわたしが気にしているせいでしょう、坊ちゃまの声は夢の中にまで聞こえてまいります。

数が「十」を越えたあたりからわたしは夢うつつに、ああ、そろそろだ、などと思うのでございますが、案の定、すぐに坊ちゃまの恐怖に満ちた叫び声がするのです。

「きゃーっ」

わたしはたちまちはっきりと目醒めて、急いで起きあがり、八畳間との間の襖《ふすま》を開けて坊ちゃまのおやすみになっている布団に走り寄ります。

坊ちゃまのお顔は真っ青です。蒲柳《ほりゅう》の質《しつ》の坊ちゃまのお顔はいつも蒼白《あおじろ》いのですが、その時はまるで紙のような色になっておられます。そして気を失っておられるのです。

「坊ちゃま。坊ちゃま。どうなさいました。今のお声は何でございますか」

わたしが坊ちゃまの肩に手をかけて揺すりますと、頬にはすぐに赤みがさして坊ちゃまは気がおつきになります。

でも、なぜ悲鳴をあげたのか、なぜ気を失ったのか、坊ちゃまはまるで憶《おぼ》えておられません。それがいつものことでございました。

ただ、天井板の数を数えていたことだけは憶えておられまして、その途中で意識がなくなるのだということでした。

あんな声をお出しになるからには、きっとよほど怖いことがあったに違いないのですが、そしてそのために気を失われたに相違ございませんが、おそらくはそれがあまりに怖いので、気がつかれてからも思い出したくない、だから思い出そうとなさらないのだろうなどと、わたしは勝手にそう思っておりました。

実際にはその通りだったのでございますが。

それからも時おりそのようなことがあり、そのうちわたしは、決まって、坊ちゃまが天井板を十三枚目まで勘定なさったのちに叫ばれることを知りました。

ですからその怖いものというのはきっと、天井板の十四枚目にあらわれる何かではないだろうか。

そう思いまして、わたしは昼間、坊ちゃまが旅館のお庭をひとりで散歩なさっている時に、天井板の数を隅から順に数えてみたのでございます。

そうしますと十四枚目の天井板というのは、八畳間のいちばん隅、お座敷の真ん中に寝ておられる坊ちゃまから見て右下の隅、つまり南東の隅にある天井板でございました。

わたしはその下に立ってつくづくとその天井板を眺めまわしたのでございますが、他の天井板と比べて何の変哲もございません。それはただの天井板なのでございました。

一度、起きていよう。ずっと起きているわけにもいくまいから、今度坊ちゃまが天井板を数えはじめる声が聞こえたら、どんなに眠くとも眼を醒まし、十四枚目になると同時に襖を開けて隣のお座敷に駈《か》け込もう。

わたしはそう心に決めまして、それからの夜は睡魔に負けぬよう心掛けて寝ることにいたしたのでございます。

そしてその夜、また坊ちゃまの声が聞こえてまいりました。

「ひとーつ。ふたーつ。みーっつ。……」

わたしは起き上がり、布団から出て襖に寄り、襖を細目に開けて手をかけ、身構えておりました。

「ここのつ。とおー。じゅーいち。じゅーにー。じゅーさーん。……」

少し声が途切れました。ほどなく坊ちゃまの恐ろしげな悲鳴があがりました。

「きゃーっ」

わたしは襖を開け、坊ちゃまの横に走り寄りました。今にも気を失おうとする坊ちゃまの肩を揺すりながら、わたしは叫びました。

「坊ちゃま。坊ちゃま」

叫び続けながらわたしは南東の隅の天井板を見あげました。やはりそれは何の変哲もないただの天井板でございます。

眠気で意識が朦朧《もうろう》としておられた坊ちゃまははっきりとお目醒めになり、ふたたび恐怖の悲鳴をあげてわたしに抱きついてこられました。

「こわい。こわい。こわい」

「坊ちゃま。どうなさったのです。何があったのです。あの天井板に何があったのでございますか」

気を失うことのなかった坊ちゃまは、はっきりと憶えておられました。坊ちゃまはこう叫ばれたのでございます。

「あの天井板をすうっと横に開けて、天井裏からお爺《じい》さんが覗《のぞ》くんだ。白髪のお爺さんが歯のない口をあけて、ぼくの方を見て笑うんだ」

わたしはぞっといたしました。

でもそれはおそらく坊ちゃまの幻覚であるに相違ございません。旅館の天井裏にお爺さんがいるなどということは、ある筈がございません。

しかし今ははっきりと恐怖を自覚なさった坊ちゃまはわたしがいくらそう言ってお宥《なだ》めしても、頑としてそのお爺さんが天井裏にいることを主張なさるのでございます。もうあんな部屋で寝るのはいやだ。あんな怖い思いをするのはいやだ。あのお爺さんは本当に天井裏にいるんだ、と、そうおっしゃるのでございます。

部屋を変えてもらいたい、わたしは翌朝、そう宿のご主人に申し出ました。

宿のご主人というのは、本陣であった時代から続いたこの宿の十五代目にあたるお人でございましたが、わたしの申し出に何やら心当たりがある様子で、しきりに理由を聞きたがりました。

わたしはしかたなく、笑われるのを承知で坊ちゃまの話をそのままに、天井板のうしろからあらわれるお爺さんの顔のことを話したのでございます。

ご主人は笑いませんでした。

しばらく考えに沈んだのち、「そのようなことは昔から、しばしばあったと伝え聞いております」と言ってから、わたしにこんな話をしてくれました。

それはずいぶん昔の話で、この本陣ができて二代目のご主人の時代に起こったことであったと申します。

謹賀新年　寅年

ウルトラ　超虎。
エキストラ　臨時の虎。
オーケストラ　虎の交響楽団。
カーマスートラ　虎の猥本《わいほん》。
トライ　虎を地べたへ押えつけること。
トライアル・アンド・エラー　虎の試行錯誤。
トライアングル　三角形の虎。
トラクター　虎が牽引《けんいん》する原動力車。
トラジ　朝鮮の虎。
トラジェディ　虎の悲劇。

トラスト　虎の独占的企業合同。
トラック　虎を運ぶ車。
トラビアタ　虎の椿姫。
トラピスト　虎の修道会。
トラブル　虎の喧嘩《けんか》。
トラホーム　虎の家。
トランキライザー　虎の精神安定剤。
トランジスター　小型の虎。
ヒットラー　独裁虎。
ベントラ・ベントラ　円盤に乗った虎。

謹賀新年　卯年

ウサギはタヌキ紳士をだましたため、あれは悪いバニー・ガールだということになり、いろいろなむくいをうけました。寝ているうちに、ながい首をしたカメに××されました。また、ワニザメをだましたため、赤はだかにされてしまいました。泣いているところへ大黒さまが通りかかりました。大黒さまは喜んで……。

編者解説

日下三蔵

筒井康隆の初期ショートショート集四冊のうち、『にぎやかな未来』『笑うな』『あるいは酒でいっぱいの海』の三冊の成り立ちについては、河出文庫既刊『あるいは酒でいっぱいの海』で詳しく述べておいた。

ここでは残る『くたばれPTA』について説明してから、本書の解説に移ることにしたい。まずは、全冊の刊行データを掲げておこう。

A　にぎやかな未来　68年8月　三一書房　48篇
72年6月　角川文庫　41篇
76年11月　徳間書店
16年6月　角川文庫（改版）

Ｂ　笑うな　75年9月　徳間書店　34篇
80年10月　新潮文庫
02年10月　新潮文庫（改版）

Ｃ　あるいは酒でいっぱいの海　77年11月　集英社　30篇
79年4月　集英社文庫
21年8月　河出文庫

Ｄ　くたばれＰＴＡ　86年10月　新潮文庫　24篇
15年12月　新潮文庫（改版）

Ｅ　人類よさらば　22年1月　河出文庫　37篇　＊本書

1986年10月／新潮文庫
（改版時も同一の装幀）

Dは、八三年四月から八五年三月まで毎月一冊、新潮社から刊行された《筒井康隆全集》（全24巻）の副産物である。「全集に初めて収録された作品」と「既刊の単行本に収録され、文庫化されずに全集に入った作品」を一気にまとめたオリジナル編集の文庫であり、そのため各社で既刊の文庫本とは一切の重複がない一冊になっている。

全集に初めて収録された作品は、「遊歩道（5）」「いずこも愛は……（6）」「カラス（6）」「酔いどれの帰宅（6）」「弾道軌跡（7）」「秘密兵器（8）」の六篇。タイトルの後の数字は、その作品が入っている全集の巻数である。

『ベトナム観光公社』（67年6月／ハヤカワ・SF・シリーズ）から全集に収録された作品は、「くたばれPTA（3）」の一篇。

『アルファルファ作戦』（68年5月／ハヤカワ・SF・シリーズ）から全集に収録された作品は、「かゆみの限界（2）」「最後のクリスマス（5）」の二篇。

『欠陥大百科』（70年5月／河出書房新社）から全集に収録された作品は、「美女（6）」「落語・伝票あらそい（6）」「狸（6）」「歓待（7）」「ここに恐竜あり（7）」「癌（9）」の六篇。

『発作的作品群』（71年7月／徳間書店）から全集に収録された作品は、「レモンのような二人（8）」「猛烈社員無頼控（9）」「2000トンの精液（9）」「2001年公害の旅（9）」「モーツァルト伝（9）」「ナポレオン対チャイコフスキー世紀の決戦（10）」「女権国家の繁栄と崩壊（10）」「蜜のような宇宙（10）」の八篇。

『暗黒世界のオデッセイ』（74年2月／晶文社）から全集に収録された作品は、「モケケ＝バラリバラ戦記（15）」の一篇。

河出文庫オリジナル編集となる本書Eは、Dと近いコンセプトの作品集である。すなわち、「出版芸術社《筒井康隆コレクション》などの再編集本に初めて収録された作品」「既刊の単行本または全集に収録され、文庫化されずに再編集本に入った作品」「これまで一度も本になったことのない作品」を対象にしている。

収録作品の初出は、以下の通り。

傍観者［NULL版］　「NULL」第3号（61年2月）　＊角川文庫『出世の首』

傍観者［毎日新聞版］　「毎日新聞大阪版夕刊」61年5月17日付　＊角川文庫『如菩薩団』

人類よさらば　「毎日新聞大阪版夕刊」61年6月4日付　＊角川文庫『夜を走る』

大怪獣ギョトス　「毎日新聞大阪版夕刊」61年7月9日付　＊角川文庫『くさり』

ひずみ　「ＮＵＬＬ」第2号（60年10月）　＊コレクションⅥ、筒井俊隆名義「小さな手」として発表

悪魔の世界の最終作戦　「ＮＵＬＬ」臨時号（64年9月）　＊コレクションⅣ、眉村卓との合作

ほほにかかる涙　「MEN'S CLUB」66年11月号　＊コレクションⅣ

女スパイの連絡　「花椿」68年6月号　＊コレクションⅤ

ＥＸＰＯ２０００　「朝日新聞大阪版朝刊」70年1月1日付　＊コレクションⅣ

マルクス・エンゲルスの中共珍道中［未完稿］「ＳＦ倶楽部」第3号（70年2月）＊コレクションⅥ

岩見重太郎　「小説現代」70年3月号　＊コレクションⅢ

児雷也　「小説現代」70年6月号　＊コレクションⅢ

最後のＣＭ　「やすだ」第26号（70年7月）　＊コレクションⅢ
差別　「資生堂ホールセーラー」第88号（71年3月）　＊コレクションⅢ
社長秘書忍法帖　「小説セブン」70年7月号　＊コレクションⅣ
黄金の家　「週刊新潮」70年8月22日号　＊角川文庫『日本以外全部沈没』
タバコ　「朝日新聞」70年8月22日付　＊コレクションⅢ
訓練　「朝日新聞」70年9月26日付　＊コレクションⅢ
ブロークン・ハート　「家庭全科」71年2月号　＊コレクションⅢ
ナイフとフォーク　「家庭全科」71年6月号　＊コレクションⅢ
アメリカ便り　「家庭全科」71年10月号　＊コレクションⅢ
香りが消えて　「家庭全科」71年11月号　＊コレクションⅢ
タイム・マシン　「家庭全科」71年12月号　＊コレクションⅢ
脱走　「家庭全科」72年1月号　＊コレクションⅣ
レジャーアニマル　「ダイヤモンドサービス」71年6号（11月）　＊コレクション

Ⅳ

睡魔の夏　「マントップ」71年1月号　＊角川文庫『陰悩録』
更利萬吉の就職　「就職ジャーナル」71年1月号　＊コレクションⅡ

更利萬吉の通勤　「就職ジャーナル」71年2月号　*コレクションⅡ
更利萬吉の秘書　「就職ジャーナル」71年3月号　*コレクションⅡ
更利萬吉の会議　「就職ジャーナル」71年4月号　*コレクションⅡ
更利萬吉の退職　「就職ジャーナル」71年5月号　*コレクションⅡ
佐藤栄作とノーベル賞　「ホンキイ・トンク」第4号（79年4月）*コレクションⅥ
クラリネット言語　「奇想天外」81年8月、10月号　*コレクションⅥ
信州信濃の名物は。　ASAHIネット「超電脳船団」92年8月13日　*単行本未収録
本陣の怪異　PS2ソフト「四八（仮）」07年11月　*単行本未収録
謹賀新年　寅年　74年年賀状　*単行本未収録
謹賀新年　卯年　75年年賀状　*単行本未収録

二〇〇六年から翌年にかけて角川文庫から刊行された七冊のテーマ別作品集では、そのうちの六冊までに、一篇ずつの未刊行作品が収録されていた。ボーナストラック的な扱いである。『日本以外全部沈没』（06年6月）は「パニック短篇集」、『陰悩録』

（06年7月）は「リビドー短篇集」、『如菩薩団』（06年8月）は「ピカレスク短篇集」、『夜を走る』（06年9月）は「トラブル短篇集」、『佇むひと』（06年10月）は「リリカル短篇集」（初収録作品なし）、『くさり』（06年11月）は「ホラー短篇集」、『出世の首』（07年3月）は「ヴァーチャル短篇集」と銘打たれていた。

刊行からある程度の時間が経ったこともあり、KADOKAWAの許諾を得て、この六篇を本書に収めた。将来的に熱心なファンが、ショートショート一本のために一冊の本を探求しなくてはならない事態を避けるためである。

「傍観者」「毎日新聞版」」「人類よさらば」「大怪獣ギョトス」の三篇は、「毎日新聞大阪版夕刊」の「1500字のSF（空想科学小説）」コーナーに掲載されたもの。

「NULL」は筒井康隆自身が主宰していたSF同人誌。当初は筒井家の兄弟の作品を集めた家族同人誌として発行されたが、第二号から外部の同人を募集し始め、プロ作家では、小隅黎（柴野拓美）、眉村卓、堀晃、手塚治虫、小松左京、平井和正、高斎正らが参加している。

「マントップ」は交通タイムス社の男性向け月刊誌。「睡魔の夏」は『あるいは酒でいっぱいの海』所収の「睡魔のいる夏」とタイトルは似ているが、まったく別の作品である。藤子・F・不二雄のSF短篇にも、食欲と性欲の価値観が逆転した世界を描いた「気楽に殺《や》ろうよ」という作品があるが、こちらは七二年に発表されており、「睡魔の夏」の方が一年ほど早い。

二〇一四年から一七年にかけて、私が編集して出版芸術社から刊行した《筒井康隆コレクション》（全7巻）は、その時点で紙の本で入手できない作品を対象にした大部の選集であった。本書には、コレクションに入っているが一度も文庫化されたことのない二十五篇を、すべて収めた。コレクションには、エッセイや関連する資料も大量に収めたので、将来的にも無価値になることはないと思っているが、少なくとも小説作品に関しては、手軽な文庫本で読めるようにしておくべきだろう、と考えたからである。

各作品の来歴を整理しておくと、このようになる。タイトルの後に数字がついている作品は、新潮社版《筒井康隆全集》に入ったが『くたばれＰＴＡ』から洩れたもの。数字のない作品は全集未収録で初刊本からコレクションに入ったもの。

『アルファルファ作戦』（68年5月／ハヤカワ・ＳＦ・シリーズ）からコレクションに収録された作品は、「ほほにかかる涙（3）」一篇。

『発作的作品群』（71年7月／徳間書店）からコレクションに収録された作品は、「岩見重太郎（9）」「児雷也（9）」「最後のCM」「差別」「タバコ（9）」「訓練（9）」「ブロークン・ハート（11）」の七篇。「最後のCM」と「差別」は徳間文庫の自選短篇集『怪物たちの夜』（02年7月）にも収録されたが、これは再編集本であるため、この二本も本書の対象とした。

『日本列島七曲り』（71年11月／徳間書店）からコレクションに収録された作品は、「社長秘書忍法帖」の一篇。この作品は七四年六月の徳間書店新装版で割愛され、同書の文庫版にも全集にも入っていなかった。

全集に初めて収録された作品は、「ひずみ（3）」「マルクス・エンゲルスの中共珍道中（9）」の二篇。「マルクス・エンゲルスの中共珍道中」の掲載誌「SF倶楽部」は横田順彌の主宰する同人誌。「SF倶楽部」掲載時には、末尾に「筒井康隆と共作しよう！」と題して、以下のような記事が載っていた。

筒井さんの原稿はここで終わっています（もともと未完だということで、いただけたのですが……）。どなたか、この先を書いてみませんか？　プロ作家と共作できる一生一度のチャンスです！　紅衛兵につかまったマルさん・エンさんは、三角帽をかぶせられて——等々、あなたの想像力いかんでいくらでもおもしろくなりそうです。

「新人出よ」の声が高い現在、こんな企画をたててみました。当クラブでは特に募集・選考は行いません。ですから、好きなときに、好きなファンジンにあなたの原稿を掲載して、広くSFファンの批判をあおいで下さい。もちろん、当クラブにお送り下さってもかまいません。すぐれた作品であれば、本誌に掲載するかあるいは他の有名ファンジンに掲載交渉致します。

このような、閉鎖的でないオープンな企画というものが、現在の低迷ぎみのファンダムにとってよい刺激剤となればさいわいと思います。（「SF倶楽部」編集部）

それ以外の十六篇は、コレクションで初めて単行本化された。

「NULL」の終刊号となった臨時号に掲載された「悪魔の世界の最終作戦」は眉村卓との合作。ただし、眉村さんの短篇「最終作戦」の原稿の裏に筒井さんが短篇「悪魔の世界」を書いたため、二つのストーリーが混ざってシャッフルされてしまった、という設定の何とも人を食った合作であった。

眉村作品は潮書房のミリタリー専門誌「丸」の競作企画「SF未来戦記」シリーズ

の一篇として六七年十月号に掲載され、同シリーズをまとめたアンソロジー『SF未来戦記　全艦発進せよ！』（78年12月／徳間書店→86年3月／徳間文庫）に収録。著者の作品集としては、二〇二一年三月に竹書房文庫《日本SF傑作シリーズ》の一冊として刊行されたショートショート集『静かな終末』に収録された。筒井作品は「悪魔の契約」として株式会社話の特集の月刊誌「話の特集」六七年六月号に発表され、ショートショート集『にぎやかな未来』に収録された。

「女スパイの連絡」の掲載誌「花椿」は資生堂のPR誌。

「EXPO2000」は七〇年三月から九月にかけて開催された大阪万博に先駆けて発表されたもの。眉村卓との競作で同じタイトルの作品が同時に掲載された。眉村作品の方は、前出の竹書房文庫『静かな終末』に収録されている。

国際情報社の月刊誌「家庭全科」に連載されたショートショートのうち、「フォーク・シンガー」「アル中の嘆き」「電話魔」「みすていく・ざ・あどれす」「タイム・カメラ」「体臭」の六篇は『あるいは酒でいっぱいの海』に収録。「ブロークン・ハート」は前述のように『発作的作品群』《筒井康隆全集》を経て《筒井康隆コレクション》に収録。残る五篇は、コレクションで初めて単行本化された。この連載は誌面で紹介されている商品とのタイアップ企画であるため、靴、香水、時計などのアイテムが、毎回登場しているのだ。

なお、「香りが消えて」は、今回、末尾の一文が加筆されている。初出発表から実に五十年ぶりの改稿である。オリジナルでは良い話で終わっていたのが、一文加わったことで、途端にブラックなオチになるのが凄い。

「レジャーアニマル」の掲載誌「ダイヤモンドサービス」は、三菱石油のPR誌。日本人は高度成長期に経済的な発展を遂げてエコノミックアニマルと評されたが、七〇年代に入ると余暇の必要性に目が向けられるようになり、レジャーという言葉が流行った。これはその時期の風刺的な作品である。

更利萬吉を主人公にした「マッド社員シリーズ」の掲載誌「就職ジャーナル」はリクルートの就職情報誌。雑誌では第三話のみタイトルが「更利万吉の秘書」となっていたが、本書では表記を「更利萬吉」に統一した。サラリーマンを茶化したような内容で怒られるかなと思ったが、担当編集者が気骨のある人で、「責任は取るから大丈夫です」と言ってくれて、予定通り掲載されたとのこと。

「佐藤栄作とノーベル賞」は「週刊新潮」の依頼で執筆したものの没となり、ファンクラブ筒井倶楽部の会報「ホンキイ・トンク」に掲載された。

「クラリネット言語」は第二期「奇想天外」の末期（同誌は81年10月号で休刊）に二回だ

け掲載された小説ともエッセイともつかない奇妙な作品。単行本未収録だったが、中村誠氏をはじめとした多くの方にご協力いただき、初出時の図版とともにコレクションに収録することが出来た。

最後の四篇は単行本未収録。「信州信濃の名物は。」は、ＡＳＡＨＩネットの会議室「超電脳船団」内の企画「百物語」のために書かれた。初期の怪作「最高級有機質肥料」や長篇『俗物図鑑』のあるキャラクターを想起させる汚物系ホラーである。九三年四月に中央公論社から刊行された早川玄氏のノンフィクション『サイバー大魔王の襲撃　パソコン通信症候群のカルテ』および〇七年十一月にバンプレストから発売されたプレイステーション2のゲームソフト「四八《しじゅうはち》（仮）」に収録されたことがあるが、

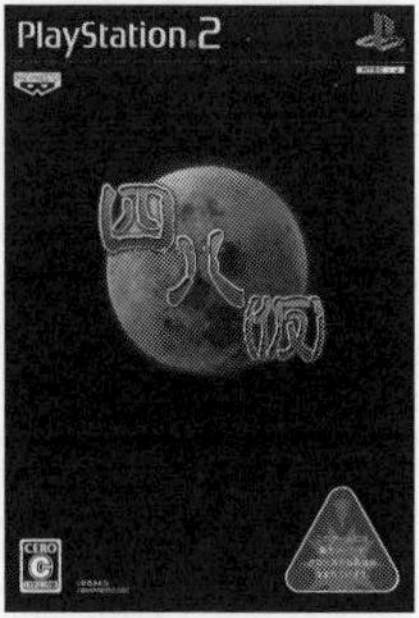

2007年11月／バンプレスト

著者の短篇集に入るのは今回が初めて。

「四八（仮）」は各都道府県を舞台にしたホラーゲームで、タイトルも都道府県の数を表している。「本陣の怪異」は、このゲームのために書かれた。「信州信濃の名物は。」はもちろん長野県、「本陣の怪異」は筒井さん自身が出演した山梨県のストーリー「大作家」の作中作であった。

「謹賀新年　寅年」と「謹賀新年　卯年」は、それぞれ七四年と七五年の年賀状に印刷されていたもの。二〇一九年四月二十日から九月二十三日まで世田谷文学館で開催された企画展「仁木悦子の肖像」に展示されて、その存在に気付き、今回、世田谷文学館のご協力で、特に収録させていただいた。星新一の年賀状がショートショートになっていたことは有名だが、当時のSF界でこの趣向が流行っていたのであれば、まだ知られざる作品が、どこかに埋もれているのかもしれない。

これで少年もの以外の単行本未収録作品については、差し障りのあるものを除いて、ほぼ本にすることが出来た。他に、「筒井康隆ホームページ」で公開された「天狗の落し文」のうち、「彼はレストランで」（98年8月14日）、「彼（鰈）がいる。」（98年10月9日）、「お料理箱」（98年12月18日）の三本が未収録であることは分かっているものの、八方手を尽くしたが、テキストを入手することが出来なかった。紙の本と違って、web

媒体で発表された作品は、プラットフォームが消滅すると、サルベージが極めて困難となることを、改めて痛感した。読者の方で、もしテキストを保存しておられる方がいらっしゃったら、ぜひ、編集部までご一報ください。

なお、本稿の執筆および本書の編集に当たっては、尾川健、高井信、平石滋の各氏より、貴重な資料と情報の提供をいただきました。ここに記して感謝いたします。また、本稿の一部に《筒井康隆コレクション》の解説原稿を再使用している箇所があることを、お断りしておきます。

（SF・ミステリ評論家、フリー編集者）

本書は河出文庫オリジナル編集です。

本文資料協力＝世田谷文学館

人類《じんるい》よさらば

二〇二二年 一月一〇日 初版印刷
二〇二二年 一月二〇日 初版発行

著者 筒井《つつい》康隆《やすたか》
編者 日下《くさか》三蔵《さんぞう》
発行者 小野寺優
発行所 株式会社河出書房新社
〒一五一－〇〇五一
東京都渋谷区千駄ヶ谷二－三二－二
電話〇三－三四〇四－八六一一（編集）
〇三－三四〇四－一二〇一（営業）
https://www.kawade.co.jp/

ロゴ・表紙デザイン 粟津潔
本文フォーマット 佐々木暁
本文組版 KAWADE DTP WORKS
印刷・製本 中央精版印刷株式会社

Printed in Japan ISBN978-4-309-41863-6

小松左京セレクション 1 日本

小松左京　東浩紀〔編〕　41114-9

小松左京生誕八十年記念／追悼出版。代表的短篇、長篇の抜粋、エッセイ、論文を自在に編集し、ＳＦ作家であり思想家であった小松左京の新たな姿に迫る、画期的な傑作選。第一弾のテーマは「日本」。

小松左京セレクション 2 未来

小松左京　東浩紀〔編〕　41137-8

いまだに汲み尽くされていない、深く多面的な小松左京の「未来の思想」。「神への長い道」など名作短篇から論考、随筆、長篇抜粋まで重要なテクストのみを集め、その魅力を浮き彫りにする。

地獄八景

田中啓文　41479-9

閻魔大王の依頼を受けて私立探偵が行く。無実の罪で地獄に落ちた男がすべてを野球に託す……奇想の本格ミステリ他、地獄を巡る八つの情景。古典落語の名作が笑いの天才の筆で甦る！

脳が最高に冴える快眠法

茂木健一郎　41575-8

仕事や勉強の効率をアップするには、快眠が鍵だ！　睡眠の自己コントロール法や“記憶力”“発想力”を高める眠り方、眠れない時の対処法や脳を覚醒させる戦略的仮眠など、脳に効く茂木式睡眠法のすべて。

星を創る者たち

谷甲州　41580-2

どんな危機でも知恵と勇気で乗り越える、現場で活躍するヒーローたち。宇宙土木ＳＦとして名高い太陽系開拓史。驚愕の大どんでん返しが待つ最終話で、第四十五回星雲賞日本短編部門を受賞。

自生の夢

飛浩隆　41725-7

73人を言葉だけで死に追いやった稀代の殺人者が、怪物〈忌字禍〉を滅ぼすために、いま召還される。10年代の日本ＳＦを代表する作品集。第38回日本ＳＦ大賞受賞。

シャッフル航法

円城塔

41635-9

ハートの国で、わたしとあなたが、ボコボコガンガン、支離滅裂に。世界の果ての青春、宇宙一の料理に秘められた過去、主人公連続殺人事件……甘美で繊細、壮大でボンクラ、極上の作品集。

屍者の帝国

伊藤計劃／円城塔

41325-9

屍者化の技術が全世界に拡散した一九世紀末、英国秘密諜報員ジョン・H・ワトソンの冒険がいま始まる。天才・伊藤計劃の未完の絶筆を盟友・円城塔が完成させた超話題作。日本ＳＦ大賞特別賞、星雲賞受賞。

NOVA＋ 屍者たちの帝国

大森望〔責任編集〕

41407-2

『屍者の帝国』映画化記念、完全新作アンソロジー。北原尚彦、坂永雄一、高野史緒、津原泰水、仁木稔、藤井太洋、宮部みゆき、山田正紀の各氏による全八篇。円城塔インタビューも特別収録。

NOVA＋ バベル

大森望〔責任編集〕

41322-8

日本ＳＦ大賞特別賞を受賞した画期的アンソロジー、復活。完全新作・オール読切。参加者は、円城塔、月村了衛、西島伝法、野﨑まど、長谷敏司、藤井太洋、宮内悠介、宮部みゆきの豪華８人。

NOVA 1 書き下ろし日本SFコレクション

大森望〔責任編集〕

40994-8

オリジナル日本ＳＦアンソロジー・シリーズ開幕。完全新作十篇（円城塔、北野勇作、小林泰三、斉藤直子、田中哲弥、田中啓文、飛浩隆、藤田雅矢、牧野修、山本弘）＋伊藤計劃の『屍者の帝国』を特別収録。

かめくん

北野勇作

41167-5

かめくんは、自分がほんもののカメではないことを知っている。カメに似せて作られたレプリカメ。リンゴが好き。図書館が好き。仕事も見つけた。木星では戦争があるらしい……。第22回日本ＳＦ大賞受賞作。

カメリ

北野勇作　41458-4

世界からヒトが消えた世界のカフェで、カメリは推論する。幸せってなんだろう？　カフェを訪れる客、ヒトデナシたちに喜んでほしいから、今日もカメリは奇跡を起こす。心温まるすこし不思議な連作短編。

きつねのつき

北野勇作　41298-6

人に化けた者たちが徘徊する町で、娘の春子と、いまは異形の姿の妻と、三人で暮らす。あの災害の後に取り戻したこの幸せ。それを脅かすものがあれば、私は許さない……。切ない感動に満ちた再生の物語。

ぴぷる

原田まりる　41774-5

2036年、ＡＩと結婚できる法律が施行。性交渉機能を持つ美少女ＡＩ、憧れの女性、気になるコミュ障女子のはざまで「なぜ人を好きになるのか」という命題に挑む哲学的ＳＦコメディ！

クォンタム・ファミリーズ

東浩紀　41198-9

未来の娘からメールが届いた。ぼくは娘に導かれ、新しい家族が待つ新しい人生に足を踏み入れるのだが……並行世界を行き来する「量子家族」の物語。第二十三回三島由紀夫賞受賞作。

クリュセの魚

東浩紀　41473-7

少女は孤独に未来を夢見た……亡国の民・日本人の末裔のふたりは、出会った。そして、人類第二の故郷・火星の運命は変わる。壮大な物語世界が立ち上がる、渾身の恋愛小説。

キャラクターズ

東浩紀／桜坂洋　41161-3

「文学は魔法も使えないの。不便ねえ」批評家・東浩紀とライトノベル作家・桜坂洋は、東浩紀を主人公に小説の共作を始めるが、主人公・東は分裂し、暴走し……衝撃の問題作、待望の文庫化。解説：中森明夫

銀河ヒッチハイク・ガイド

ダグラス・アダムス　安原和見〔訳〕　46255-4

銀河バイパス建設のため、ある日突然地球が消滅。地球最後の生き残りであるアーサーは、宇宙人フォードと銀河でヒッチハイクするはめに。抱腹絶倒ＳＦコメディ「銀河ヒッチハイク・ガイド」シリーズ第一弾！

宇宙の果てのレストラン

ダグラス・アダムス　安原和見〔訳〕　46256-1

宇宙船が攻撃され、アーサーらは離ればなれに。元・銀河大統領ゼイフォードとマーヴィンがたどりついた星で遭遇したのは⁉　宇宙の迷真理を探る一行のめちゃくちゃな冒険を描く、大傑作ＳＦコメディ第二弾！

宇宙クリケット大戦争

ダグラス・アダムス　安原和見〔訳〕　46265-3

遠い昔、遙か彼方の銀河で、クリキット軍の侵略により銀河系は絶滅の危機に陥った——甦った軍を阻むのは、宇宙イチいい加減なアーサー一行。果たして宇宙は救われるのか？　傑作ＳＦコメディ第三弾！

さようなら、いままで魚をありがとう

ダグラス・アダムス　安原和見〔訳〕　46266-0

十万光年をヒッチハイクして、アーサーがたどり着いたのは、八年前に破壊されたはずの地球だった‼　この〈地球〉の正体は⁉　大傑作ＳＦコメディ第四弾！……ただし、今回はラブ・ストーリーです。

ほとんど無害

ダグラス・アダムス　安原和見〔訳〕　46276-9

銀河の辺境で第二の人生を手に入れたアーサー。だが、トリリアンが彼の娘を連れて現れる。一方フォードは、ガイド社の異変に疑問を抱き——。ＳＦコメディ「銀河ヒッチハイク・ガイド」シリーズついに完結！

新　銀河ヒッチハイク・ガイド　上・下

オーエン・コルファー　安原和見〔訳〕　46356-8 46357-5

まさかの……いや、待望の公式続篇ついに登場！　またもや破壊される寸前の地球に投げ出されたアーサー、フォードらの目の前に、あの男が現れて——。世界中が待っていた、伝説のＳＦコメディ最終作。

ダーク・ジェントリー全体論的探偵事務所

ダグラス・アダムス　安原和見〔訳〕　46456-5

お待たせしました！　伝説の英国コメディＳＦ「銀河ヒッチハイク・ガイド」の故ダグラス・アダムスが遺した、もうひとつの傑作シリーズがついに邦訳。前代未聞のコミック・ミステリー。

長く暗い魂のティータイム

ダグラス・アダムス　安原和見〔訳〕　46466-4

奇想ミステリー「ダーク・ジェントリー全体論的探偵事務所」シリーズ第二弾！　今回、史上もっともうさんくさい私立探偵ダーク・ジェントリーが謎解きを挑むのは……なんと「神」です。

短篇集　シャーロック・ホームズのSF大冒険　上・下

マイク・レズニック／マーティン・H・グリーンバーグ編　日暮雅通〔監訳〕　46277-6　46278-3

ＳＦミステリを題材にした、世界初の書き下ろしホームズ・パロディ短篇集。現代ＳＦ界の有名作家二十六人による二十六篇の魅力的なアンソロジー。過去・現在・未来・死後の四つのパートで構成された名作。

クライム・マシン

ジャック・リッチー　好野理恵〔訳〕　46323-0

自称発明家がタイムマシンで殺し屋の犯行現場を目撃したと語る表題作、ＭＷＡ賞受賞作「エミリーがいない」他、全十四篇。『このミステリーがすごい！』第一位に輝いた、短篇の名手ジャック・リッチー名作選。

カーデュラ探偵社

ジャック・リッチー　駒月雅子／好野理恵〔訳〕　46341-4

私立探偵カーデュラの営業時間は夜間のみ。超人的な力と鋭い頭脳で事件を解決、常に黒服に身を包む名探偵の正体は……〈カーデュラ〉シリーズ全八篇と、新訳で贈る短篇五篇を収録する、リッチー名作選。

最後の夢の物語

ロード・ダンセイニ　中野善夫／安野玲／吉村満美子〔訳〕　46263-9

本邦初紹介の短篇集「不死鳥を食べた男」に、稲垣足穂に多大な影響を与えた「五十一話集」を初の完全版で収録。世界の涯を描いた現代ファンタジーの源流ダンセイニの幻想短篇を集成した全四巻、完結！

透明人間の告白　上・下

H･F･セイント　高見浩〔訳〕　46367-4 46368-1

平凡な証券アナリストの男性ニックは科学研究所の事故に巻き込まれ、透明人間になってしまう。その日からＣＩＡに追跡される事態に……〈本の雑誌が選ぶ三十年間のベスト三十〉第一位に輝いた不朽の名作。

海を失った男

シオドア･スタージョン　若島正〔編〕　46302-5

めくるめく発想と異様な感動に満ちたスタージョン傑作選。圧倒的名作の表題作、少女の手に魅入られた青年の異形の愛を描いた「ビアンカの手」他、全八篇。スタージョン再評価の先鞭をつけた記念碑的名著。

不思議のひと触れ

シオドア･スタージョン　大森望〔編〕　46322-3

天才短篇作家スタージョンの魔術的傑作選。どこにでもいる平凡な人間に“不思議のひと触れ”が加わると……表題作をはじめ、魅惑の結晶「孤独の円盤」、デビュー作「高額保険」ほか、全十篇。

輝く断片

シオドア･スタージョン　大森望〔編〕　46344-5

雨降る夜に瀕死の女をひろった男。友達もいない孤独な男は決意する――切ない感動に満ちた名作八篇を収録した、異色ミステリ傑作選。第三十六回星雲賞海外短編部門受賞「ニュースの時間です」収録。

[ウィジェット]と[ワジェット]とボフ

シオドア･スタージョン　若島正〔編〕　46346-9

自殺志願の男、女優を夢見る女……下宿屋に集う者たちに、奇蹟の夜が訪れる――表題作の中篇他、「帰り道」「必要」「火星人と脳なし」など全六篇。孤高の天才作家が描きつづけたさまざまな愛のかたち。

とうに夜半を過ぎて

レイ･ブラッドベリ　小笠原豊樹〔訳〕　46352-0

海ぞいの断崖の木にぶらさがり揺れていた少女の死体を乗せて闇の中を走る救急車が遭遇する不思議な恐怖を描く表題作ほか、ＳＦの詩人が贈るとっておきの二十二篇。これぞブラッドベリの真骨頂！

塵よりよみがえり

レイ・ブラッドベリ　中村融〔訳〕　46257-8

魔力をもつ一族の集会が、いまはじまる！　ファンタジーの巨匠が五十五年の歳月を費やして紡ぎつづけ、特別な思いを込めて完成した伝説の作品。奇妙で美しくて涙する、とても大切な物語。

TAP

グレッグ・イーガン　山岸真〔訳〕　46429-9

脳に作用して究極の言語表現を可能にするインプラントＴＡＰの使用者が死んだ。その事件に秘められた真相とは？　変わりゆく世界、ほろ苦い新現実……世界最高のＳＦ作家が贈る名作全10編。

ハローサマー、グッドバイ

マイクル・コーニイ　山岸真〔訳〕　46308-7

戦争の影が次第に深まるなか、港町の少女ブラウンアイズと再会を果たす。ぼくはこの少女を一生忘れない。惑星をゆるがす時が来ようとも……少年のひと夏を描いた、ＳＦ恋愛小説の最高峰。待望の完全新訳版。

パラークシの記憶

マイクル・コーニイ　山岸真〔訳〕　46390-2

冬の再訪も近い不穏な時代、ハーディとチャームのふたりは出会う。そして、あり得ない殺人事件が発生する……。名作『ハローサマー、グッドバイ』の待望の続編。いますべての真相が語られる。

たんぽぽ娘

ロバート・F・ヤング　伊藤典夫〔編〕　46405-3

未来から来たという女のたんぽぽ色の髪が風に舞う。「おとといは兎を見たわ、きのうは鹿、今日はあなた」……甘く美しい永遠の名作「たんぽぽ娘」を伊藤典夫の名訳で収録するヤング傑作選。全十三篇収録。

ある島の可能性

ミシェル・ウエルベック　中村佳子〔訳〕　46417-6

辛口コメディアンのダニエルはカルト教団に遺伝子を託す。2000年後ユーモアや性愛の失われた世界で生き続けるネオ・ヒューマンたち。現代と未来が交互に語られるSF的長篇。